다음 중 꼰대의 반대말은?

1. 사랑

2. 배려

3. 겸손

4. 위로

5. 감사

6. 믿음

7. 긍정

8. 여유

9. 꼰대였다

모두 다 정답이지만
특별히 9번 답을 추천합니다.
꼰대는 치료할 수 있는 질병입니다.

꼰대 김철수

2017년 02월 14일 초판 01쇄 인쇄
2017년 02월 22일 초판 01쇄 발행

—

글	정철
일러스트	이소정

—

발행인	이규상
단행본사업부장	임현숙
책임편집	김연주
편집팀	이소영 정미애 김보람 윤채선
디자인팀	장주원 장미혜 손성규
마케팅팀	이인국 최희진 전연교 김새누리

—

펴낸곳 (주)백도씨
출판등록 제300-2012-170호(2007년 6월 22일)
주소 03043 서울시 종로구 자하문로 58 강락빌딩 2층(창성동 158-5)
전화 02 3443 0311(편집) 02 3012 0117(마케팅)
팩스 02 3012 3010
이메일 book@100doci.com(편집 · 원고 투고) valva@100doci.com(유통 · 사업 제휴)
블로그 http://blog.naver.com/h_bird 나무수 블로그 http://blog.naver.com/100doci
페이스북 · 인스타그램 100doci

—

ISBN 978-89-6833-125-1 03810
ⓒ정철, 2017, Printed in Korea

이 도서의 국립중앙도서관 출판예정도서목록(CIP)은 서지정보유통지원시스템 홈페이지(http://seoji.nl.go.kr)와
국가자료공동목록시스템(http://www.nl.go.kr/kolisnet)에서 이용하실 수 있습니다.(CIP제어번호: CIP2017003245)

사 람 을   찾 습 니 다

꼰대 김철수

정철 지음

허밍버드
Hummingbird

내 몸부림
이야기입니다

내 이야기입니다. 내 몸부림 이야기입니다. 하지만 몸부림과
움츠림과 조바심에도 불구하고 나는 하루하루 꼰대가 되어 갈
것입니다. 나도 모르게 이미 꼰대가 되어 하지 않아도 되는 간
섭과 지적과 조언과 충고와 호통을 쏟아 내고 있을 것입니다.

그래서 이 책을 썼습니다. 책에 실린 글은 내가 나에게 내리는
처방전입니다. 내가 나에게 조금만 천천히 꼰대가 되라고 부탁
하는 호소문입니다. 하지만 책 읽는 당신이 조금 불편할 수도
있습니다. 간섭과 지적과 조언과 충고와 호통 같은 꼰대 짓 하
지 말자는 얘기를 간섭과 지적과 조언과 충고와 호통으로 하고
마는 내 한계 때문입니다. 인내와 이해와 자비를 기대합니다.

꼰대는 나이가 아니라 선택입니다. 우리가 만나는 모든 꼰대는 나이를 핑계로 스스로 꼰대 옷을 입은 사람입니다. 스스로 입었으니 스스로 벗을 수도 있을 것입니다. 꼰대가 선택이라는 얘기는 나이 어린 꼰대도 적지 않다는 얘기입니다. 생각이 늙기 시작하면 누구나 꼰대 반열에 오를 수 있다는 뜻입니다.

이 책은 우리 안에 살고 있는 꼰대 DNA를 관찰하고 있습니다. 하지만 꼰대를 색출하고 고발하고 창피 주고 응징하려는 책은 아닙니다. 어쩌면 꼰대라는 화두는 핑계인지도 모릅니다. 꼰대를 핑계로 우리의 생각과 태도, 삶을 대하는 자세를 돌아보는 책. 이게 이 책의 진짜 정의일 것입니다.

책에 등장하는 김철수는 내 이름입니다. 당신 이름입니다. 우리 모두의 이름입니다. 김철수는 남자일 수도 있고 여자일 수도 있습니다. 마흔일곱 살일 수도 있고 스물세 살일 수도 있습니다. 세상 모든 김철수가 함께 읽어 주었으면 합니다.

Contents

2부 두 가지 생각을
저울 하나에 올려놓고

4부 꼰대어 사전

5부 마음이 따뜻한 꼰대라면
그래도 괜찮지 않을까요

1부

'아니오'는 부정이 아니라

새로운 인생의 시동입니다

인생이 지겹고 지루하다면
정답을 의심해야 합니다.
상식을 비웃어야 합니다.
당연한 것을 당연하지 않다고
우겨야 합니다.
그래야 어제와 다른 내일이 옵니다.
세상 모든 혁신과 혁파와 혁명은
'아니오'라는 말 한마디로 시작됩니다.

어른들 말씀은
늘 옳다

아니오

어른들 말씀은 늘 옳다는 말씀은 누가 했을까? 김철수가 했을까? 박영희가 했을까? 갓난아이가 했을까? 어른들이 했겠지. 한두 어른이 아니라 어른들이 했을 것이다.

우리가 이 말씀에 승복하는 이유는 뭘까? 어른이라는 세월과 경험의 무게에 공감해서일까? 혹시 들이라는 다수의 힘에 굴복해서가 아닐까? 어른엔 반박도 반항도 해 보겠는데 다수엔 아직 저항할 용기가 없어서가 아닐까?

다들 그렇게 생각한다고 하면, 다들 그렇게 움직인다고 하면 내 생각과 행동이 빠르게 움츠러드는 관성. 다수라는 안전지대로 황급히 몸을 옮기는 관성. 이 못난 관성이 스무 살 꼰대를 만들고 서른 살 꼰대를 만드는 건 아닐까?

누구나 꿈 하나는
있어야 한다

아니오

넌 꿈이 뭐니? **아직 없어요.** 허허, 큰일이네. 젊은 놈이 꿈 하나 없다니. **아, 지금 막 생겼어요. 꿈 없이도 멋진 인생을 살 수 있다는 걸 증명해 보이는 것. 오늘부터 이게 제 꿈이에요.**

꿈은 의무가 아니다. 그렇다고 선택도 아니다. 그냥 운명 같은 것이다. 가슴 쿵쿵 뛰는 삶을 목격하는 순간, 어떤 형체 모를 힘이 내 몸과 마음에 작용하는 것이다. 피할 도리 없는 기습 같은 것이다. 하지만 누구나 그 순간을 경험하는 것은 아니다. 꿈이라는 놈은 열아홉에 나를 찾아올 수도 있고 마흔둘에 나를 찾아올 수도 있고 영원히 나를 비켜 갈 수도 있다.

그러니 당신 김철수는 청춘에게 꿈을 강요하지 말 것. 꿈 없이 막 사는 것도 인생이라는 것을 인정할 것. 그게 싫으면, **어르신 꿈은 처음부터 꼰대였나요?**라는 질문에 대답을 준비할 것.

두리번거리는 개가
길을 잃는다

아니오

주인 꽁무니를 놓쳤으니 처음엔 당황하겠지. 왈왈 짖기도 하고 끙끙 앓기도 하겠지. 그러다 혼자 되었다는 사실을 알겠지. 길을 잃었음을 인정하겠지. 홀로 가야 한다는 생각을 하겠지. 순간 앞에 놓인 모든 길이 달리 보이겠지. 주인 따라 걸을 땐 보이지 않았던 것들이 보이기 시작하겠지.

저 길가엔 들국화가 피어 있었네.
지금 나를 보고 방긋 웃었어.
어라, 이쪽 길엔 냇물이 흐르고 있었잖아.
졸졸졸 물소리가 듣기 좋은걸.

들국화의 유혹에 넘어갈까, 냇물에 발 한번 담갔다 갈까, 결정을 해야겠지. 누구도 간섭하지 않으니 내 의지가 시키는 쪽으로 방향을 잡겠지. 길 끝에 뭐가 있는지 알 수 없어 겁은 나겠지만 걷는 방향, 걷는 속도, 걷는 목적까지 모두 내 마음대로 결정할 수 있어 생각보다 외롭지는 않겠지.

그러다 난생처음 내가 선택한 내 길을 걷는다는 생각에 가슴이 벅차오르겠지. 네 다리에 힘이 실리겠지. 주인을 만나야 한다는 강박도 어느새 내려놓겠지. 대신 책임감이라는 묵직한 단어가 그 자리에 들어서겠지. 그러니까 두리번거리는 개가 길을 잃는 게 아니라 길을 얻는 거지. 내 길을 찾는 거지.

늙으면
죽는다

아니오

죽으면 늙는다.

긍정이 죽으면 늙는다.
반성이 죽으면 늙는다.
웃음이 죽으면 늙는다.
눈물이 죽으면 늙는다.
대화가 죽으면 늙는다.

무엇보다 사랑이 죽으면
팍팍 늙는다.

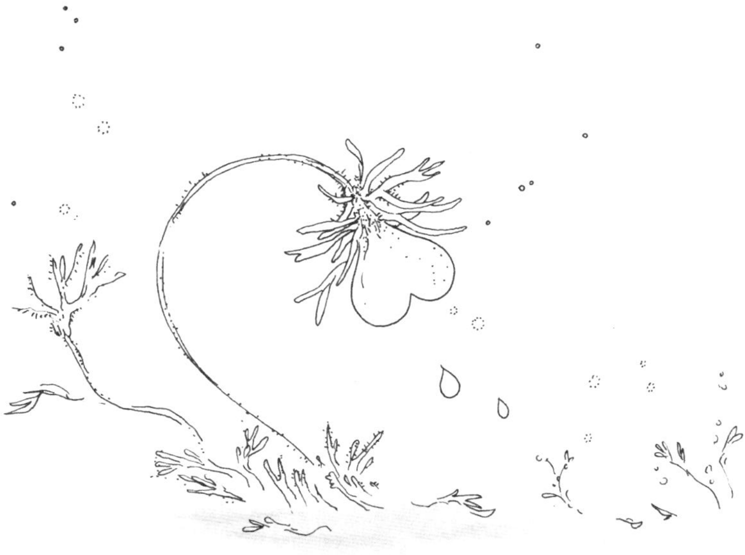

콜라는
음료다

아니오

　　　세상이 내게 새로운 말 하나를 허용한다면 나는
이런 말을 지을 거야. **친구도 아니고 연인도 아닌 어정쩡한 사
이**, 이런 사이를 뜻하는 말을 지을 거야. 그런 사이가 틀림없이
있는데 그런 말이 없다는 건 말이 안 되잖아. 너라면 그런 사이
를 뭐라 이름 붙이겠니?

별친?
썸친?
완친?

재미없다. 나는 그런 사이를 **콜라**라 부르겠어. 어떤 사이다라
고 말하기 어렵다면 그건 콜라일 거야. 사이다처럼 투명하지는
않지만 불투명이 오히려 콜라의 매력이지. 둘 사이가 어떻게
진행될지 모르는 흥미진진한 불투명.

친구?
아니.
연인?
아니.
그럼?
우린 콜라야.

이런 대화 재미있잖아. 친구 아
니면 연인이라 단정해 버리는,
흑 아니면 당연히 백이어야 한
다고 주장하는 꼰대들을 콜라
처럼 톡 쏴 주고 싶어.

충고는
짧을수록 좋다

아니오

충고는 하지 않는 게 좋다.
그 사람이 듣고 싶은 건

충고가 아니라
위로일 테니.

It's OK ~ ♡

" @ ^ &) # ~

아는 것이
힘이다

아니오

아는 것이 힘이 아니라
아는 것을 실천하는 것이
힘이다.

혹시 내가 이런 말을 할 거라 추측했다면 틀렸다. 기대에 어긋
나 미안하다. 아니, 기대에 어긋난 생각이 더 흥미로울 수 있으
니 미안해할 것까지는 없겠지. 물론 아는 그대로 행동할 때 그
지식은 비로소 생명을 갖는다. 그것을 부정하려는 게 아니다. 내
가 하려는 이야기는 '아는 것'이라는 것을 의심하자는 것이다.

안다.

어려운 말이다. 내가 정말 아는 게 있을까? 내가 별을 알까? 내
가 호랑이를 알까? 내가 김철수를 알까? 내가 나를 알까? 혹시

'배웠다', '들어 본 적 있다', '모르지는 않는다'를 과대 포장하여 '안다'라고 주장하는 건 아닐까? 아니면 '알았다'를 '안다'로 착각하는 건 아닐까?

알았던 것은 아는 것이 아니다. 세상이 빠르게 변하며 알았던 것은 개를 줘도 안 물어 가는 의미 없는 지식이 되기도 한다. 대학 때 들은 공자님 말씀을, 신입 사원 때 배운 보고서 쓰는 요령을 20년이 지난 오늘도 한 치 의심 없이 꽉 붙들고 산다면 지금 앉아 있는 그 자리를 얼마나 더 지킬 수 있을까.

아는 것이 힘이 아니라
아는 것을 의심하는 것이
진짜 힘 아닐까.

어른 이름
함부로 부르면 안 된다

아니오

        **누가 버릇없이 어른
이름을 함부로 불러!** 김철수가 말했다. 하지만 김철수는 모른
다. 자기 이름이 곧 사라지고 말 거라는 사실을 모른다. 이름
불러 주는 사람이 있다는 게 얼마나 행복한 일인지 모른다.

엄마가 생각났다. 지금은 희선이 엄마이고 석찬이 할머니이고
10동 105호 어르신인 우리 엄마에게도 이름이 있었다. 이젠 아
무도 불러 주지 않는 이름. 주민등록증 한쪽 구석에서 하루하
루 빛이 바래 가는 이름. 나는 오늘 우리 엄마 이름을 함부로
부른다.

원희 씨, 미안해요.

우리 **원희** 씨 ~♡

호수는
잔잔하다

아니오

동의할 수 없다. '잔잔하다' 앞에 '바다에 비해'라는 말이 빠졌으니 동의할 수 없다. 머그잔에 담긴 고요한 커피에 비하면, 이른 새벽 어머니가 떠 놓은 깨끗한 정화수에 비하면 호수는 조금도 잔잔하지 않다.

COFFEE   LAKE

너는 게으르다.

너는 헤프다.

너는 독하다.

너는 이기적이다.

이런 말도 동의하기 어려운 단정이다. 아니, 대단히 위험한 단정이다. 만약 앞에 빠진 말이 '천사에 비해'라면 이런 비난에서 자유로운 사람이 있을까.

SEA

텔레비전은
바보상자다

아니오

나는 드라마는 안 봐. 김철수가 말했다. 자신 있게, 자랑스럽게 말했다. 드라마 보는 것이 아주 격 떨어지는 일인 양 말했다. 드라마 뒤에 **는**이라는 조사를 붙였지만 속뜻은 '따위는'일 것이다. 하지만 그래서 남는 게 뭘까. 텔레비전 앞에 앉는 사람 바보 만들고, 드라마 보며 질질 짜는 사람 바보 만들어 얻는 게 뭘까.

없다.

나이 들면 누구나 집에 있는 시간이 늘어난다. 마주 앉아 이야기할 사람은 줄어든다. 그래서 텔레비전과 친해진다. 텔레비전과 대화하다 보면 드라마가 하는 얘기도 듣게 된다. 그런데 이게 생각보다 재미있다. 그래서 듣는다. 그래서 본다. 이게 비난받을 일일까. '따위는' 소리 따위를 들어야 할 일일까.

찾아보면 괜찮은 드라마도 적지 않다. 나는 요즘 드라마 만드는 사람들이 천재일 거라는 생각도 한다. 어떻게 저 장면에서 저런 대사가 나올까, 자주 감탄한다. 어쩌면 드라마 보며 질질 짜는 사람이 바보가 아니라, 드라마 보며 질질 짜는 사람을 우습게 아는 사람이 진짜 바보인지도 모른다.

나도 당신도 나이를 먹는다. 해마다 거르지 않고 열심히 먹는다. 오늘의 내가 내일의 나를 무시하지는 말아야지.

인간은
생각하는 동물이다

아니오

　　　　　　　인간은 생각하는 동물이 아
니라 착각하는 동물이다. 프로야구 한국시리즈 7차전. 김철수
는 잠실야구장에 기어들어 가려고 줄을 선다. 끝이 보이지 않
는 줄을 보며, **무슨 인간이 이렇게 많아. 개미 떼도 아니고!** 투
덜거리며 짜증을 낸다. 하지만 인간이 그렇게 득실거리게 만든
주범 중 하나가 김철수 자신이라는 생각은 하지 않는다.

우리는 내가 인간에 포함된다는 사실을 너무 자주 잊는다. 나
를, 인간 밖에서 인간을 바라보는 관찰자 또는 평론가쯤으로
착각한다.

노래 잘하면
가수 해야 한다

아니오

노래 잘하는 선생님.

노래 잘하는 주방장.

노래 잘하는 간호사.

노래 잘하는 소설가.

노래 잘하는 목사님.

노래 잘하는 경찰관.

노래 잘하는 대통령.

멋지지 않을까? 노래 잘하면 마이크 잡아야 한다는 생각이 오히려 멋대가리 없는 생각 아닐까? 뭐라고? 멋진 것 개뿔 소용없다고? 무조건 잘하는 일을 하는 게 장땡이라고? 그래야 잘살 수 있다고? 그건 오빠 생각이지. 김철수 당신이 꼰대라는 자백이지.

잘 산다는 게 뭐야? 행복하게 사는 거잖아. 잘하는 일도 좋지만 하고 싶은 일을 하는 게 진짜 행복 아닐까? 하고 싶은 일을 할 수 있다는 것만으로도 가슴 벅차지 않을까? 누구보다 기쁘게 치열하게 그 일을 하지 않을까? 결국 누구보다 그 일을 잘하게 되지 않을까?

맨날 선진 조국이나 외치는 대통령이 아니라, 가끔은 국민 앞에서 눈 지그시 감고 김광석의 〈서른 즈음에〉를 부르는 대통령, 나쁘지 않잖아.

아이디어는
새로워야 한다

아니오

내겐 새로운 생각이 하나도 없어.
그럼 무슨 생각이 있는데?

새롭지 않은 생각.
누구나 다 아는 그저 그런 생각.

그래? 훌륭한 재료가 넘쳐 난다는 얘기네. 새롭지 않은 생각
무시하지 마. 그것들을 하나씩 꺼내어 이렇게 저렇게 조합해
봐. 조립해 봐. 아니, 결혼시킨다는 표현이 좋겠다. 누구나 다
아는 김철수. 누구나 다 아는 박영희. 새롭지 않지. 그저 그런
인간들이지. 하지만 둘이 결혼하면 어떻게 되지? 아이를 낳
지. 그 아이를 아는 사람은 세상 어디에도 없어. 그야말로 새
로운 아이지.

아이디어는 아이를 낳는 일이야.
그래서 이름이 아이디어지.

헌 생각들을 결혼시켜. 네가 그토록 원하던 새로운 아이디어를
만날 수 있어. 지금 네가 할 일은 새로운 생각을 찾아 헤매는 일
이 아니라, 헌 생각들을 맺어 주는 마담뚜 역할이라는 얘기지.

시디플레이어가 없으면 시디에 담긴 노래를 듣지 못한다

아니오

있으면 들을 수 있고 없으면 들을 수 없고. 얼핏 당연한 얘기처럼 들리지만 당연하지 않다. 있다. 없다. 이 두 가지 답이 전부인 것처럼 보이지만 그렇지 않다.

빌리다.
사다.
훔치다.

이런 단어도 있다. 시디에 담긴 노래가 듣지 않고는 못 배길 만큼 매력적이라면 시디플레이어 없는 사람도 빌리다, 사다, 훔치다 같은 단어를 생각해 낸다. 어떻게든 노래를 듣고 만다.

듣는 사람 자세 탓하기에 앞서 내 목소리가 얼마나 매력적인지 그것부터 살필 것. 왜 젊은 친구들이 슬금슬금 내 목소리를 피하는지 그것부터 눈치챌 것.

남자는
주저앉으면 안 된다

아니오

　　　　　　　　　　신혼 초 아내에게 자주 야단을 맞았다. 화장실 바닥을 더럽힌다는 이유였다. 정조준을 못한다는 이유였다. 그래서 소변볼 때마다 은근히 신경 쓰이기도 했고 화장실을 나올 때면 괜히 미안해하기도 했다. 남자 여자 신체 구조가 달라 일어나는 어쩔 수 없는 일을 타박하는 그녀가 야속하기도 했다.

정조준.

참 어렵다. 사격장에서도 어렵지만 화장실에서는 더 어렵다. 사격장에선 빨간 모자 조교가 뒤통수를 쏘아보고 있어 그 압박 때문에 어렵다지만 화장실에선 지켜보는 사람 하나 없는데 어렵다. 얼마나 어려우면 변기 설계자들이 뚜껑 하나를 더 만들어 조준점을 대폭 키워 주려 했겠는가.

하지만 뚜껑 하나 더 다는 것으로 해결될 문제는 아니다. 중력에 의해 아래로 떨어지는 물줄기는 변기에 누운 물과 충돌해야 하고, 그 충돌 에너지는 물 튀김 현상을 낳게 되어 있다. 그러니 변기 아가리를 욕조만큼 키우지 않는 한 뚜껑 한두 개 더 다는 것으로 해결될 일은 아니다. 방법은 오줌이 출발하는 높이를 최대한 낮춰 물 튀김을 최소화하는 것뿐이다. 그러나 나는 이미 아이 키로 돌아갈 수 없는 몸. 조금 더 세심하게 자세와 각도를 다잡는 수밖에.

그러던 어느 날 큰일을 보려고 변기에 앉았다. 책을 뒤적거리며 한참을 앉아 있었다. 그런데 대장이 파업을 하는지 결국 작은 일만 보고 말았다. 괜히 앉았다는 억울한 기분이 들었지만 글 몇 줄 읽은 걸로 위안했다. 바지 올리고 물 내리며 바닥을 보는 순간 나도 모르게 외쳤다.

유레카!

오줌 한 방울 변기 밖으로 튕겨 나올 수 없게 하는 방법을 발견한 것이다. 그것은 너무도 쉬운, 하지만 한 번도 시도하려 하지 않았던, 변기에 주저앉는 것이었다.

그랬다. 그동안 내게 스트레스를 준 것은 변기 밖으로 튕겨 나온 놈들이 아니라, 남자니까 당연히 서서 일을 봐야 한다는 꼰대스러운 생각이었다. 아내는 실실 웃으며 화장실을 나오는 나를 수상한 눈으로 노려봤다. 나는 그녀에게 아르키메데스가 목욕탕을 뛰어나오며 지었을 법한 표정을 보여 줬다.

여자를 앉아서 일 보는 사람이라 비하하던 선배가 있었다. 그 꼰대 말대로라면 유레카 이후 나는 여자 사람이 된 셈이다. '이시대남자들의권위손상을심각하게걱정하는남자들의모임'이라는 게 있다면 내 이런 배신행위에 대해 규탄 성명을 낼지 모른다. 그러나 남들 다 그렇게 하니까 나도 그렇게 해야 한다는 생각만큼 재미도 매력도 없는 생각은 없을 것이다.

오늘도 나는 변기에 앉는다. 변기에 주저앉아 내 안에 살고 있는 또 어떤 꼰대를 변기 속에 처넣고 물을 내릴까 궁리한다.

별똥별도
별이다

아니오

별똥별은 별이 아니라 벌이다. 하늘이 별에게 내린 벌이다. 달은 한 달 내내 변신하지만 별은 늘 그 모습. 달은 밤새 쉬지 않고 움직이지만 별은 늘 그 자리. 그래서 별은 벌을 받는다. 추락이라는 아픈 벌을 받는다.

늘 그 모습 그 자리.
추락 1순위.

꽃은
향기롭다

아니오

        우리는 꽃 하면 향기를 먼저 떠올린다. 그래서 꽃을 만나면 으레 코부터 갖다 댄다. 고정관념이다. 애석하게도 아니 어이없게도 꽃의 90퍼센트는 향기가 없거나 좋지 않은 냄새가 난다고 한다. 그럼에도 불구하고 꽃이니까 당연히 향기로울 거라는 믿음이 없는 꽃향기를 만들어 코에게 전달하는지도 모른다. 우리는 그동안 꽃향기에 황홀해한 게 아니라 고정관념에 취해 황홀해했는지도 모른다.

없는 꽃향기도 만들어 내는 우리는 사람을 만나면 코를 갖다 대지 않는다. 당연히 향기롭지 않을 거라는 믿음 때문이다. 하지만 이 역시 고정관념 아닐까. 향기로운 사람은 없다는 믿음이 있는 향기도 지워 버리는 건 아닐까. 물론 사람의 90퍼센트 역시 향기가 없거나 좋지 않은 냄새가 날지 모른다. 하지만 나머지 10퍼센트의 향기가 전염되고 전염되어 온 세상이 향기로

워질 수도 있지 않을까.

김철수 당신이 그 10퍼센트에 속해야 한다는 얘기는 아니다.
당신에게 향기로운 삶, 성스러운 삶을 강요할 생각 전혀 없다.
하지만 사람에겐 원래 향기가 없다고, 사람은 원래 좋지 않은
냄새가 나는 동물이라고 떠들고 다니지는 말아 달라는 얘기다.
그건 당신에게 행여 있을지 모르는 좋은 향기를 스스로 내팽개
치는 행동이니까.

이름은
고유명사다

아니오

우리 모두의 이름은 고유명사인 척하지만 실은 불완전명사다. 간디라는 이름도 만델라라는 이름도 불완전명사다. 예수도 석가도 불완전명사다. 김철수도 박영희도 당연히 불완전명사다. 완전한 이름은 어디에도 없으니,

내 불완전에 실망할 이유 없음.
내 불충분에 슬퍼할 이유 없음.
내 불가능에 낙담할 이유 없음.

길이 아니면
가지를 마라

아니오

큰일 났어. 내 앞에 길이 없어. 사막이야. 어떡하지? 어떡하긴. 가면 되지. 모래 위에 푹신푹신 발자국 찍으며 가면 되지. 사막을 가로지르다 보면 별들이 땅 가까이 내려와 춤을 추는 곳이 나타날 거야. 그곳에 잠시 멈춰 노는 거야. **누구랑?** 별이랑. 밤이랑. 놀다 보면 한 소년이 보일 거야. 별하고 열심히 이야기하는 소년. 너는 소년의 옷을 보고 그가 책에서 만난 적 있는 어린 왕자라는 것을 알 수 있어.

어린 왕자는 네게 아무것도 묻지 않을 거야. 네가 몇 살인지, 어디에서 왔는지, 무슨 일을 하는지 그런 건 하나도 중요한 게 아니니까. 그냥 네게 다가와 종이를 내밀며 양 한 마리를 그려 달라고 할 거야. 그려 줘. 잘 그릴 필요 없어. 그림은 눈이 아니라 마음으로 보는 거니까. 동그라미 하나를 그려 줘도 돼. 어린 왕자는 그게 양이 곱게 잠든 모습이라는 것을 금세 알아차릴 테니까. 그렇게 어린 왕자랑 친구 먹는 거지. 세상에, 사막 한 가운데에서 친구를 만들다니! 신기하지 않아?

물론 사막은 금방 끝나지 않을 거야. 목이 타겠지. 외로움도 타겠지. 하지만 이제 네겐 사막을 함께 건널 친구가 있어. 친구에게 외롭다고 말하면 돼. 어린 왕자는 그 말이 외로움을 그림으로 그려 달라는 말이라는 걸 알아. 말하지 않아도 알아. 너흰 친구니까. 그는 네가 그려 준 양 그림을 네게 되돌려 줄 거야. 이젠 너도 알지. 그 그림이 잠에서 깬 양이 주위에 아무도 없어 홀로 달을 바라보는 그림이라는 것을.

언젠가는 사막이 끝나고 너와 어린 왕자는 헤어지겠지. 슬퍼할 필요는 없어. 인생은 늘 기다림, 만남, 헤어짐이니까. 대신 너는 어린 왕자 전화번호를 딸 수 있어. 김철수, 박영희 같은 재미없는 이름만 잔뜩 들어앉은 네 휴대전화에 왕자 이름이 저장되다니. 외로울 땐 언제든 어린 왕자랑 통화할 수 있다니. 멋진 일이지. 상상도 못 한 일이지. 길이 아닌 길을 갔기에 일어난 일이지.

일탈.

길이 아닌 길을 기꺼이 걸어가는 일탈.
아마 **탈**로 끝나는 말 중에 가장 훌륭한

말이 일탈일 거야. 일탈은 일상의 반대말이지. 지루한 일상에서 너를 건져 주지. 다른 별에 사는 사람들을 네게 소개해 주지. 일탈이 끝나 다시 네 자리로 돌아오면 알게 되지. 네 양손에 신기한 에너지가 가득 들려 있다는 것을.

자, 네 앞에서 다시 길이 끊겼어. 강이 너를 가로막고 있어. 강엔 악어나 물뱀이 살고 있을지도 몰라. 어떻게 할래? 그래, 바지 걷고 첨벙첨벙 강을 건너는 거야. 옷 젖는 건 걱정하지 마. 강 한복판에서 너랑 친구 먹게 될 이상한 나라의 앨리스나 빨강 머리 앤이 잘 빨아서 말려 줄 테니까. 악어나 물뱀을 만나면 큰일 아니냐고? 바보. 너는 왜 악어나 물뱀은 친구가 될 수 없다고 생각하니?

인생은
숫자다

아니오

태어나면서 김철수가 받아 든 숫자는 1573910이었다. 대학 때 그는 8067006이었고 군복을 입을 땐 94194594였다. 그가 쭈그리고 앉아 글 쓰는 곳은 1916이고, 그 글이 얻어 낼 밥값, 술값이 들어오는 곳은 14391002850707이다. 아내 목소리를 듣고 싶을 때 그는 1907을 들고 1907을 누른다. 친구에게 달려갈 땐 0982를 탄다. 심지어 태초 모습으로 돌아가는 대중 사우나에서도 그의 발목엔 달랑달랑 26이라는 숫자가 따라다닌다.

맞다. 인생은 숫자다. 하지만 숫자가 인생은 아니다. 숫자가 나는 아니다. 나를 스쳐 간 그 어떤 숫자도, 나를 설명하려고 애쓰는 그 어떤 숫자도 나를 다 설명하지 못한다. 그러니 벌써 마흔둘이라는 숫자에 주눅 들 이유 없다. 이미 쉰셋이라는 숫자에 굴복할 이유도 없다.

숫자보다 먼저

숫자에 반쯤 가려진 나를 볼 것.

1분 1초도
낭비하지 마라

아니오

　　　출근 시간 지하철 5호선에서 3호선으로 갈아타려고 뛰지 않아도 된다. 지각할 것 같으면 지각하면 된다. 지각이 두려우면 결근하면 된다. 아프다 핑계 대고 하루 종일 거실을 뒹굴뒹굴해도 된다. TV 리모컨에 달린 모든 버튼을 다 눌러 봐도 된다. 뒹굴뒹굴이 허리 아프면 설렁설렁 산책 나가도 된다. 길가에 핀 들꽃에게 말을 걸어도 된다. 들꽃 이름을 물어도 된다. 이름이 없다고 대답하면 그 자리에서 지어 주면 된다. 철수꽃도 좋다. 영희꽃도 좋다. 멋진 이름이 생각나지 않으면 그대로 길가에 한두 시간 서 있어도 된다. 앉아 있어도 된다. 누워 있어도 된다. 다 된다. 오늘 할 일은 내일 하면 된다.

휴대전화 하나 생산하는 일이
들꽃과 대화하는 일보다 더 가치 있는 일일까.

잡지에 글 한 줄 쓰는 일이
들꽃 이름 짓는 일보다 더 의미 있는 일일까.

우리는 너무 부지런히 움직인다. 너무 많은 생산을 한다. 그중
절반은 별 의미 없는 움직임일 것이다. 별 의미 없는 생산일 것
이다. 조금만 더 게으름을 피우자. 조금만 더 비생산적인 하루
를 살자. 아무것도 안 하는 게 아무 일도 안 하는 건 아니다. 지
친 몸에게, 지친 머리에게 쉴 시간을 주는 일을 하는 것이다.
버리는 시간이 아니라 채우는 시간이다. 그래, 우리는 시간을
낭비하지 않으려다 인생을 낭비하고 있는지 모른다.

공짜 점심은
없다

아니오

김철수와 나 둘이서 밥을 먹었다. 계산은 김철수가 했다. 나는 그의 등 뒤에 서서 그가 계산하는 모습을 지켜보기만 했다. 틀림없는 공짜 점심이다. 그런데 왜 공짜 점심은 없다고 했을까. 나도 모르게 내가 낸 게 있었을까. 가만, 다시 한 번 촘촘히 따져 봐야겠다.

그가 낸 것. 점심값.

내가 낸 것. 금쪽같은 시간. 식당까지 오가는 택시비. 냅킨 위에 그의 숟가락과 젓가락을 가지런히 올려놓는 노동. 밥 먹는 내내 그 못생긴 얼굴을 봐야 했고 그 지루한 이야기를 들어야 했던 수고 또는 인내. 잘 먹지 않았어도 잘 먹었습니다 인사. 인사와 함께 깊게 수그린 고개와 허리.

아니오라는 말 취소.

나는 공짜의 힘에 눌려 내가 먹은 것보다 더 큰 지불을 하고 말
았다. 누구나 밥 한 끼 살 수 있고 또 얻어먹을 수 있다. 샀다고
거들먹거리는 자세만 꼰대가 아니라 얻어먹었다고 기어들어
가는 자세 또한 꼰대라는 것을 이제 알았다. 감사와 비굴을 혼
동하는 안쓰러운 꼰대.

포기는 배추 셀 때만
사용하는 말이다

아니오

1

뿌리를 단위로 하는 초목의 낱개.

2

하던 일을 중도에 그만두어 버림.

3

포기도 선택이다. 당당한 선택이다. 싫은 걸 싫다 말 못 하고 질질 끌려다니는 것보다 훨씬 용감한 선택이다. 포기는 새로운 도전으로 이어진다. 인생을 살면서 스물다섯 번 포기한다면 스물다섯 번 새롭게 도전할 기회를 갖는다는 뜻이다. 포기는 끝이 아니라 시작이다. 배추 셀 때만 사용하는 말이 아니라 기회를 셀 때도 사용한다.

기초 1

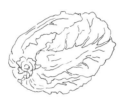

기초 2

기초 3

배에겐 바퀴가
필요 없다

아니오

　　　　　물론 배에게 필요한 것은 돛과 노와 뱃사공이다. 그런데 그건 배가 물 위에 떠 있을 때 이야기다. 산이나 들에 놓인 배에게 우선 필요한 것은 바퀴다. 물을 가르는 일보다 물로 가는 일이 먼저다.

하지만 김철수는 배니까 당연히 물 위에 떠 있을 거라 단정한다. 그래서 당장은 아무 소용 없는 비단으로 만든 돛이나 금강송으로 만든 노를 선물한다. 하버드 대학 출신 뱃사공을 선물한다. 그러곤 배 주인이 크게 감사하고 있을 거라 믿는다.

안타깝지만 배 주인은 김철수에게 감사할 겨를이 없다. 어렵게 바퀴를 구해 배를 물로 옮긴 그는 비단으로 만든 돛과 금강송으로 만든 노를 물로 옮길 또 다른 바퀴를 찾느라 땀 뻘뻘 흘리며 뛰어다닌다.

뭉치면 살고
흩어지면 죽는다

아니오

         사람은 누구나 죽는다. 뭉쳐도
죽고 흩어져도 죽는다. 똘똘 뭉치면 똘똘 뭉쳐 죽는다. 뭉치고
싶은 사람 뭉치고 흩어지고 싶은 사람 흩어지면 된다. 어차피
죽을 땐 홀로 죽는다.

국가, 민족, 고향, 학교, 회사, 종교를 '나'라는 사람의 가치 위
에 놓으려 하지 마라. 나는 나다. 나보다 소중한 가치는 세상
어디에도 없다. 뭉침이라는 그럴듯한 수사로 나를 살해하려 하
지 마라.

사랑한다면
가장 먼저 해야 할 일은
상대에게 귀 기울이는 일이다

아니오

나에게, 내 마음에게 먼저 귀 기울여야지요. 내 마음이 무슨 얘기를 하는지 자세히 듣는 일이 먼저지요. 내가 나를 오해한다면 상대를 이해한다 해도 아무 소용 없지요.

사랑을 시작할 때도
사랑이 깊어질 때도
사랑이 흔들릴 때도
사랑이 끝나 갈 때도

내 마음이 무슨 생각을 하는지 먼저 들어야지요. 상대를 몰랐을 때보다 내가 나를 몰랐을 때 사랑은 더 큰 위기를 맞으니까요.

사랑은 시작하기보다
끝내기가 더 어렵다

아니오

맞는 말이기도 하지만
틀린 말일 수도 있지.

사랑은
처음부터 끝까지
쉴 틈을 주지 않고
어려우니까.

물은 위에서
아래로 흐른다

아니오

        햇빛도 아래로 흐른다. 나뭇잎도 낙엽이라는 이름으로 아래로 흐른다. 구름도 저 위에 머물러 있는 것 같지만 결국 비가 되어 아래로 흐른다. 물뿐 아니라 자연은 모두 아래로 흐른다. 그래서 우리는 아래로 흐르는 것을 보며 자연스럽다고 말한다.

하지만 인간은 자연스러움을 거부한다. 끊임없이 위로 흐르려 한다. 등산을 한다. 점프를 부추기는 농구라는 운동을 한다. 아파트를 짓고 엘리베이터를 넣고 에펠탑을 세우고 우주선을 띄운다. 아래로 흐르려는 물도 가만두지 않는다. 분수를 만들고 비데를 만들어 물이 흐르는 방향을 바꾼다. 이렇게 인간이 개입하는 순간 자연스러운 질서는 파괴된다.

하지만 그것이 꼭 파괴라는 이름을 붙여야 하는 행위일까. 혁신이라는 이름을 붙이면 안 될까. 분수와 비데는 수십만 년 아래로 아래로 흘러온 물에게 역발상과 역동성을 가르쳐 줬을 것이다. **너희도 어제와 다르게 살 수 있어**라고 귀띔해 줬을 것이다. 진짜 위험한 물은 중력을 거부하는 파괴의 물, 반항의 물이 아니라 흐르지 않는 물 아닐까.

우리는 그런 물을 고인물이라 부른다.
우리는 그런 사람을 고물이라 부른다.

결혼은 딱 한 번
해야 한다

아니오

　　　　　　두 번을 권한다. 한 번은 사랑하는 사람과 하시라. 또 한 번은 사랑하는 사람이었는데, 그래서 결혼했는데, 결혼하고 나니 예쁜 구석이라고는 찾을 수 없는 사람, 그래서 등 돌림과 묵비권과 각방과 우여와 곡절을 다 겪은 사람, 그러다 어느 날, **그래도 이 사람이지, 이대로 같이 늙어 가야지** 하는 생각이 드는 사람. 그 사람과 다시 하시라.

혼인신고는?
신혼여행은?

다 필요 없다. 나 같은 사람이랑 살아 줘서 고맙고, 지금도 나 같은 사람이랑 살아 주니 고맙고, 앞으로도 나 같은 사람이랑 살아 줄 테니 고맙고 또 고맙다고 말하는 순간부터 두 번째 결혼이 시작된다. 결혼은 설렘으로 시작해 고마움으로 완성되는 아주 긴 이야기다. 한 번에 다 읽기 어려울 만큼 긴 이야기다.
그러니 1편과 2편으로 나눠 읽어도 좋다.

1편은 설렘,
2편은 고마움.

주인공 두 사람은 그대로이니 그래도 된다.

토끼띠는
돼지띠보다 잘 뛴다

아니오

토끼가 잘 뛴다고
토끼띠도 잘 뛰는 건 아닌데

우리는 이와 거의 유사한
말을 자꾸 한다.
서슴없이.
한 치 의심 없이.

여자는 남자보다 마음이 여리다.
어른은 아이보다 침착하다.
형은 아우보다 책임감이 강하다.
엄마는 아빠보다 아이를 잘 이해한다.
청년은 노인보다 꿈이 크다.
선생은 학생보다 지혜롭다.

정치인은 시궁창보다 더럽다.

의사는 간호사보다 아는 게 많다.

서울대 출신은 지방대 출신보다 똑똑하다.

성직자는 사업가보다 정직하다.

부자는 빈자보다 열심히 산다.

군인은 민간인보다 용감하다.

노동자는 사용자보다 과격하다.

작가는 독자보다 인생 경험이 풍부하다.

감독은 배우보다 치밀하다.

삼수생은 재수생보다 치열하다.

신은 인간보다 현명하다.

사필귀정.

2부

두 가지 생각을

저울 하나에 올려 놓고

하나를 살피는 일이 어려울 땐
맞은편에 있는 다른 하나를 데려오세요.
둘을 함께 들여다보세요.
만남과 헤어짐을 함께 살피는 것이지요.
철수와 영희를 함께 살피는 것이지요.
둘을 함께 들여다보면 보이지 않았던
가치와 의미가 보입니다.

철수
와
영희

철수가 영희에게 봉달이 험담을 했다. 영희도 처음엔, **봉달이 나쁜 놈!** 맞장구를 쳤다. 그런데 시간이 지나자 영희는 나쁜 놈이 봉달이었는지 봉식이었는지 기억하지 못한다. 철수가 누군가를 험담했다는 사실만 기억한다. 철수의 거친 입만 기억한다. 그 기억이 결국 철수와 영희를 멀어지게 만든다.

우리는 나쁜 놈 얼굴보다
나쁜 놈이라고 말하는 입을 더 깊게 기억한다.

가격
과
가
치

4천 원짜리 잔치국수의 가치는 4천 원일까? 아니다. 가격과 가
치는 다를 수 있다. 국수 앞에 잔치라니. 이 얼마나 유쾌한 상
상력인가. 한입 후루룩 입에 넣으면 어깨춤이 절로 날 것 같지
않은가. 잔치국수는 이렇게 말한다.

돈 없어도 괜찮아.
자, 어깨 펴고 나를 먹어.
나를 먹고 힘내.
네 인생에도 잔치가 펼쳐질 수 있어!

한 그릇의 위로다. 한 그릇의 응원가다. 4천 원엔 이런 위로와
응원 값이 빠져 있으니 잔치국수 한 그릇 가치는 4천 원 이상

일 것이다.

무슨 재료로 만들었는지 따지는 메밀국수, 도토리국수. 국물에 뭐가 들어갔는지 들여다보는 바지락국수, 멸치국수. 어떤 그릇에 담았는지 살피는 쟁반국수, 냄비국수. 위로도 응원도 없는 이런 국수들이 잔치국수보다 가격이 비싸다고 가치까지 비싼 건 아니다.

아쉬운 건 잔치국수를 따르는 무리가 없다는 것. 잔치비빔밥, 잔치곰탕, 잔치피자 같은 메뉴가 태어날 생각을 하지 않는다는 것. 가격을 가치로 판단해 버린다는 것. **그깟 4천 원짜리 국수 따위에게 뭘 배워!** 하는 생각이 가장 위험한 생각인데. 가장 꼰대스러운 생각인데.

당황과 황당

당황과 황당은 구별하기 어렵다고?
차이를 설명해 드리지.

다급하여 어쩔 줄 모르는 것이 당황.
터무니없고 허황된 것이 황당.

그게 그것 같다고?
그렇다면 이렇게 설명해야겠군.

커피 시켰는데 녹차가 나오는 건 당황.
커피보다 녹차가 건강에 좋으니 그냥 마시라는 건 황당.

이제 아시겠나? 남의 말 귀담아들으라는 얘기지. 그렇지 않으
면 남의 다리 긁는 당황스러운 일이 일어날 수 있다는 얘기지.
또 내 생각이 진리인 양 강요하지 말라는 얘기지. 그것처럼 황
당한 일은 없다는 얘기지. 그런데 우리 꼰대들은 이 당황과 황
당을 늘 쌍권총처럼 차고 다니지. 아무 데나 막 쏘고 다니지.

밀착
과
간격

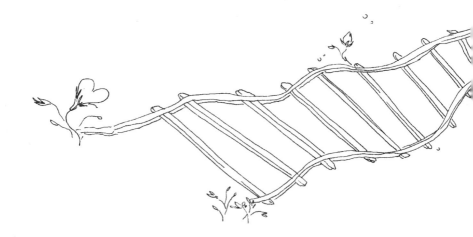

사랑하는 두 사람에게 필요한 건 밀착과 간격.

깊이 사랑하기 위해 밀착.
오래 사랑하기 위해 간격.

밀착이 숨 막힐 땐 간격. 간격이 공허할 땐 다시 밀착. 사랑은 밀착과 간격을 끝없이 반복하는 동작 아닐까. 사랑하지 않는, 사랑하기 어려운, 사랑할 수 없을 것 같은 꼰대 김철수를 사랑하는 방법 역시 밀착과 간격 아닐까. 지금이 밀착이면 조금만 간격을. 지금이 간격이면 조금만 더 밀착을.

가끔
과

자
주

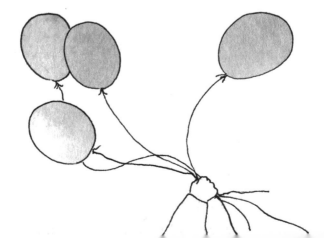

아주 가끔.

가끔.

자주.

너무 자주.

이 말들은 전부 한 뼘 안에 있다. 모두 다 인연의 끈을 놓지 않고 있다. '아주 가끔'이라도 만날 수 있음에, '아주 가끔'이라도 안부를 물을 수 있음에 감사하자. '아주 가끔'은 언제든 '가끔'이 될 수 있고 '자주'가 될 수 있고 '너무 자주'도 될 수 있다.

그러니 '아주 가끔' 몸과 마음을 스치는 '아주 가는' 인연도 쉽게 놓아 버리지 말자. '아주 가끔'의 반대말은 '너무 자주'가 아니라 '다시는' 또는 '영원히'라는 사실을 '아주 깊게' 새기자.

토끼 와 거북

거북이 토끼를 추월할 수 있을까? 문제를 알아야 답이 보이겠지. 문제가 뭘까? 아무리 빨리 움직여도 슬로비디오나 다름없는 네 개의 다리. 그래, 그 다리가 문제다. 그렇다면 방법은? 다리에게 지옥훈련을 시킨다? 그래서 우사인 볼트 다리로 만든다? 나폴레옹도 불가능은 없다고 했으니 가능할지도 모른다? 나폴레옹 믿지 마라. 왜 이름 끝에 옹이 붙었겠는가? 그도 잘난 척하기 좋아하는 노인에 불과하다. 수백 년 전을 살다 간 한 꼰대의 무책임한 발언에 고무받으려 해서는 안 된다. 불가능은 있다. 우사인 볼트 닮은 거북은 머리에서 지워라.

자, 문제는 다리라고 했다.

그렇다면 문제를 없애 버리는 건 어떨까?

네 개의 다리를 몸통 속으로 접어 넣는다. 다리가 사라진다. 문제가 사라진다. 머리 하나만 툭 튀어나와 있을 테니 머리도 접어 넣는다. 거북 몸은 동그란 원이 된다. 완벽한 원은 아니지만 럭비공 사촌쯤은 된다. 자, 이제 구르는 거다. 자전거 바퀴 구르듯 구르는 거다. 완벽한 원은 아니니 처음엔 쉽지 않겠지. 자꾸 덜컹거리겠지. 자꾸 뒤집어지겠지. 하지만 구르고 또 구르면 모서리가 조금씩 닳아 동그란 원이 되지 않을까? 그때부턴 자전거만큼 속도를 낼 수 있지 않을까? 토끼를 추월할 수 있지 않을까? 그땐 다리 하나를 몸 밖으로 살짝 내밀어 토끼에게 손을 흔들어도 좋겠지.

남을 이기는 방법은 늘 나에게 있다. 토끼의 오만과 방심과 낮잠을 기대하는 거북은 결코 토끼를 넘어설 수 없다.

자신감 과 자 만 심

자신감과 자만심은 한 끗 차이다. 그런데 그 한 끗 차이가 일의 성패를 가른다. 문제는 둘이 워낙 닮아 구별하기 어렵다는 것. 구별 방법은,

자신감은 나.
자만심은 남.

자신감은 나를 믿는 것,
자만심은 남을 얕보는 것.

요컨대 자신감을 키우려면 나에게 무한 긍정을, 자만심을 누르려면 남을 향해 무한 겸손을 장착해야 한다는 것이다. 결국 시선을 어디에 두느냐가 관건.

공격
과
수비

공을 잡고 공격하는 시간이 길어지면 수비하는 시간은 자연 줄어든다. 그래서 공격이 최고의 수비라 말한다. 그럴듯하다. 하지만 득점하려고 무조건 돌진하다 보면 어이없는 실점을 할 수도 있다.

성공이 공격이라면 성장은 수비다.

성공이 남을 이기는 것이라면 성장은 나를 이기는 것이다. 내 부족을 채우는 것이고 내 한계를 극복하는 것이다. 성공에 모든 것을 걸면 성장이 부실해진다. 오히려 성공과 더 멀어진다.

최고의 수비는 수비다.

재주
와
재
미

김철수는 바둑 아마 5단이다.

태권도는 공인 4단이다.

노래 실력은 가수 뺨친다.

찌개 끓이는 솜씨는 요리사 뺨친다.

손금으로 미래를 볼 줄도 안다.

게다가 20년 무사고 운전.

재주 많은 김철수가 부러운가? 부러워할 이유 없다. 그는 어차피 바둑 기사도 태권도 사범도 가수도 요리사도 점쟁이도 카레이서도 아니다.

재주, 재능, 재치, 재간 위에 뭐가 있을까?

재미가 있다. 내게 주어진 작은 일 하나를 지금보다 재미있게 할 수만 있다면 그것보다 멋진 인생은 없을 것이다. 물론 먹고 살려고 하는 일이 매순간 재미있을 리 없다. 재미보다 고역, 고생, 고통 쪽에 가까울 것이다. 그렇다고 그 일을 때려치울 수 있는가? 그게 어렵다면 어떻게든 일 속에 숨은 재미를 찾아내야 한다. 찾으면 있다. 찾지 않으면 없다.

재주 부러워할 시간에 재미를 탐색하고 재미를 발굴하고 재미를 발전시키고 재미를 받들어 모셔라. 재미 하나가 재주, 재능, 재치, 재간을 다 제압한다.

버스
와
택시

버스는 다음 설 곳이 정해져 있다. 강남을 돌던 버스가 갑자기 마음이 바뀌어 한강대교를 건너는 일은 없다. 갈 곳이, 설 곳이 약속되어 있기에 사람들은 묻지도 따지지도 않고 버스를 탄다. 버스 타고 가는 동안에도 입은 할 일이 없다. 버스 기사가 승객에게 세상 돌아가는 이치를 묻는 일은 없다. 기사도 묵묵히. 승객도 묵묵히. 한 공간에 있으면서 이렇게 서로에게 철저한 무관심이 싫은 사람에겐 택시를 권한다.

택시의 다음 행선지는 택시 기사도 모른다. 손님 타자마자 알아서 한강대교를 건너는 택시는 없다. 손님은 입을 열어 목적지를 설명해야 하고 또 기사는 어느 길로 갈 건지 물어야 한다. 오지랖 넓은 기사라도 만나면 정치 이야기, 스포츠 이야기, 요

즘 날씨 이야기를 시리즈로 들어야 한다. 괜히 한마디 대꾸라도 했다간 꼼짝없이 그의 50년 인생을 경청해야 한다. 이런 침범과 소란을 견딜 수 없는 사람에겐 버스를 권한다.

버스는 이래서 싫고 택시는 저래서 싫다면 걷기를 권한다. 물론 걷기에도 약간의 부작용은 있다. 당신은 회사에 매일 지각할 것이고 인사고과 최저점을 받을 것이고 얼마 안 가 버스, 택시 타고 다니며 다른 직장을 알아봐야 한다.

원하는 것을 모두 붙잡는 선택은 없다.
선택은 포기다.

듣기 싫은 말
과

듣
고
싶
은
말

1

내 얘기부터 들어 봐, 글쎄 내 얘기부터 들어 보라니까.

너는 그래서 안 돼, 처음부터 안 될 줄 알았어.

말 끊어서 미안한데, 너 정말 나이가 아깝다.

내 자랑은 아니지만, 난 단 한 번도 실패한 적 없어.

웃기고 있네, 지금 나더러 그걸 믿으라는 거야?

없어, 죽었다 깨어나도 다른 방법은 없어.

2

괜찮아.

잘했어.

멋지다.

당신 앞에 앉은 사람이

당신에게 듣고 싶어 하는 말은

그리 길지 않다.

괜.

잘.

멋.

이 세 글자만 기억하면 된다.

경고
와
퇴
장

경고는 언제 받는가? 정해진 룰대로 행동하지 않았을 때, 마땅히 지켜야 할 질서를 거부했을 때 받는다. 축구에선 한 번 경고받으면 몸을 잔뜩 움츠려야 한다. 그래야 경기장 밖으로 퇴장당하지 않는다.

하지만 인생에선 경고 따위에 위축될 이유 없다. 룰 따위에 주눅 들 이유 없다. 까짓 룰 내가 새로 만들면 된다. 어차피 룰이라는 건 하늘이 내린 게 아니라 누군가가 만든 것이다. 왜 나라고 만들지 못할까.

진짜 경고받을 일은
내 인생을 남이 정한 룰대로 사는 것.

살다 보면 남들 시선이 내게 집중될 때가 있다. **쟤는 너무 튀어! 잘났어 정말!** 같은 말이 들릴 때가 있다. 경고를 받는 순간이다. 이때 움츠러들면 안 된다. 지금이 내 손으로 새 룰을 만들 기회라 믿어야 한다. 이때 가장 필요한 게 뭘까?

상상력?
도전 정신?

아니다. 맷집이다. 그 많은 눈을 견뎌 내는 맷집. 그 독한 입을 이겨 내는 맷집. 혼자라는 외로운 시간을 버텨 내는 맷집. 이런 멧돼지 같은 맷집이 경고를 기회로 바꿔 준다. 내 인생을 내 색깔대로 살 수 있는 기회.

인생은 축구가 아니다. 퇴장은 경고 쌓인 선수의 몫이 아니라 오히려 정해진 룰대로만 뛰는 선수의 몫이다. 인생 밖으로 추방당하지 않았다 해도 그는 이미 퇴장한 선수다. 있어도 없는 선수. 그가 내일 어떤 활약을 할지 누구도 궁금해하지 않는 선수.

소금과 조금

인생

바다가 썩는 것을 막아 주는 건 소금.
인생이 썩는 것을 막아 주는 건 조금.

욕심을 조금만 내려놓아도 인생은 썩지 않는다.
집착을 조금만 내려놓아도 인생은 썩지 않는다.
주장을 조금만 내려놓아도 인생은 썩지 않는다.
권위를 조금만 내려놓아도 인생은 썩지 않는다.

바닷속 소금은 불과 3퍼센트.
딱 3퍼센트만 내려놓으면 인생은 썩지 않는다.

여자와 남자

여자,
남자 품에서.

과연 이 자세가 가장 나은 걸까,
더 완전하게 하나 되는 포옹은 없는 걸까.

남자,
여자 품에서.

언제까지 이 자세를 취해야 할까.
언제쯤 이 포옹을 풀어야 야단맞지 않을까.

같은 포옹.
다른 생각.

하나 되기를 강요하기보다
다름을 인정하는 것이 사랑의 시작.

탈꼰대의 시작.

실수
와
실패

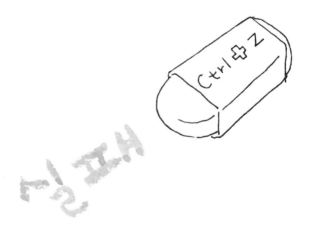

실수와 실패는 어떻게 다를까?

실수는 의도하지 않은 성적을 받는 것이다. 잘하려 했는데 잘 되지 않은 것이다. 너무 심하게 지적하거나 몰아붙이는 건 좋지 않다. 가슴 한번 깊게 안아 주고 어깨 한번 툭 쳐 주며 다음이라는 기회를 주는 게 좋다.

실패는 의도하지 않은 성적을 받는 것이다. 잘하려 했는데 잘 되지 않은 것이다. 너무 심하게 지적하거나 몰아붙이는 건 좋지 않다. 가슴 한번 깊게 안아 주고 어깨 한번 툭 쳐 주며 다음이라는 기회를 주는 게 좋다.

실패는 실수다.
조금 더 아픈 실수다.

실수에게 기회를 준다면
실패에게도 한 번 더 기회를.

가르침
과
배
움

옹알옹알~

가르침의 반대말은 배움이 아니다. 일방적인 가르침도 일방적인 배움도 없다. 나를 가르치는 사람이 가르침을 받아들이는 내 태도를 보며, 내 필기도구를 살피며, 내 질문을 받으며 다른 무엇을 배울 수도 있다. 영향을 받으러 간 내가 나도 모르게 누군가에게 영향을 주고 돌아올 수도 있다. 가르치는 일과 배우는 일은 나눌 수 없다. 하나다. 그러니 세상 모든 사람이 내 스승인 동시에 제자다.

세상 모든 사람엔
나보다 스무 살 아래인 친구도 포함된다.

어린이
와
어
른

어른들은 그림을 재산이라 한다.
어른들은 공부를 승부라 한다.
어른들은 친구를 인맥이라 한다.
어른들은 맛있는 걸 편식이라 한다.

어른들은 사랑을 계산이라 한다.
어른들은 결혼을 조건이라 한다.
어른들은 자동차를 연봉이라 한다.
어른들은 축구를 전쟁이라 한다.
어른들은 미국 말을 실력이라 한다.
어른들은 눈을 교통지옥이라 한다.
어른들은 장난감을 사업이라 한다.
어른들은 집을 부동산이라 한다.
어른들은 강아지를 점심이라 한다.

어린이와 어른은 다른 종족임이 분명하다.
어린이가 자라 어른이 되는 거라면
이렇게 전혀 다른 언어를 쓰지는 않겠지.

질서
와
무
질
서

민주주의는 질서일까.

아니다.

무질서가 민주주의다.

무질서 속에서 수많은 '나'가 자신의 걸음을 걷는 것이 민주주의다. 건강한 민주주의는 무질서뿐 아니라 무계획, 무분별, 무절제, 무관심, 무의미 같은 모든 단어를 허용한다. 존중한다.

그런데 우리 꼰대들은 무(無), 불(不), 미(未) 같은 삐딱한 말이 붙는 단어를 병적으로 싫어한다. 무질서, 무계획, 무분별은 물론 불가능, 불규칙, 불청객도 싫어하고 미완성, 미지수, 미수금도 싫어한다. 이들이 혼란의 주범이라 믿는다.

그러나 늘 반듯한 질서와 가지런한 정돈에 집착하면 '나'가 설 곳이 없다. 민주주의의 기초 세포인 '나'가 사라지고 만다. '나'를 죽여 만든 천편일률적인 '우리'는 희망도 미래도 없는 돼지 우리와 다르지 않다.

바꿈
과
바
꿈

우리 모두의 삶은 바꿈의 연속이다. 때 되면 서른둘에서 서른 셋으로 나이가 바뀐다. 큰 사고만 치지 않으면 김 대리에서 김 과장으로 자리가 바뀐다. 때로는 김철수에서 박철수로 친구가 바뀌고, 박영희에서 박희영으로 애인도 바뀐다. 짜장면에서 짬 뽕으로, 짬뽕에서 다시 짜장면으로 식성은 늘 변덕스럽게 바뀐 다. 하루아침에 011에서 010으로 전화번호 앞자리도 바뀐다.

바꿈은 이렇게 가만히 있어도 달라지는 것이다. 우리는 이 바 꿈에게 변신이라는 단어를 붙이지 않는다. **내가 서른둘에서 서 른셋으로 변신했어**라고 말하지 않는다. 바꿈에는 내 의지가 들 어가지 않기 때문이다.

내 의지가 강하게 개입하는 변화, 그것을 우리는 바꿈이라 한다. 변신이라 한다. 세상이, 사회가, 자연이, 본능이 시켜서 일어나는 변화가 아니라 내가 나에게 시켜서 일어나는 변화가 바로 바꿈이고 변신이다.

바뀜과 바꿈.

두 단어를 자세히 들여다보라. 바뀜에는 꿈이 없다. 뀜만 있다. 뀜은 국어사전에도 등장하지 않는 국적 불명 단어다. 하지만 바꿈에는 꿈이 있다. 그대에게 꿈이 있다면, 꿈과 그대 사이 거리가 너무 멀게 느껴진다면 바꿈을 망설이거나 두려워해서는 안 된다.

바꿈은 '바짝 꿈에'의 준말일 수도 있다.

힘과
짐

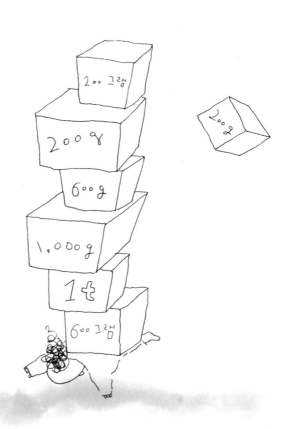

200 그램

200 g

600 g

1,000 g

1 t

600 그램

200 g

말에도 무게가 있다. 200그램짜리 말도 있고 1,000그램짜리 말
도 있다. 보통 한 근이라 부르는 600그램이 가벼운 말과 무거
운 말의 경계다. 600그램까지는 그리 무겁지 않으니 말을 받는
사람도 부담을 느끼지 않는다. 잘 전달하면 그에게 힘이 될 수
있다. 하지만 600그램을 초과하는 말은 짐이 될 수도 있다.

너도 할 수 있어
얼마든지 할 수 있어.

이런 말을 우리는 위로라 한다. 여기까지는 좋다. 600그램 이
하다. 자신 없어 하는 사람에게 힘을 실어 줄 수 있다. 하지만
우리는 여기에서 그치지 않는다. 하지 않아도 좋을 한마디를
덧붙인다. 그래서 900그램, 1,000그램을 만들고 만다.

이건 초등학생도 다 하는 거야.

끝내 못 해내면 혀 깨물고 죽어야 한다는 뜻으로 들릴 수 있는
말이다. 의도와 무관하게 큰 부담을 줄 수 있는 말이다. 위로가
끝낼 타이밍을 놓치면 이렇게 과속을 하고 만다. 무거운 말이
되고 만다. 힘을 주려다 짐을 주고 만다.

눈과 귀

고맙습니다

천둥이 무서울까.
번개가 무서울까.

둘이 함께 등장할 때가 가장 무섭다. 눈과 귀가 함께 긴장할 때
가 가장 무섭다. 눈과 귀의 거리는 불과 5센티. 둘은 끊임없이
참견하고 공유하고 보완하면서 세상을 읽는다. 그래서 둘을 함
께 자극할 때 반응 농도는 진해진다.

고맙다는 말. 귀에게만 하지 말고 눈에게도 하는 게 좋다. 허리
숙이는 모습이 눈에게 하는 말이다. 위로를 전할 때도 그렇다.
눈에게는 가슴 밀착하는 모습을, 귀에게는 토닥토닥 소리를 함
께 전달하는 게 좋다. 그래야 마음이 다 전달된다.

눈이 볼 수 없는 것을 귀는 본다.
귀가 들을 수 없는 것을 눈은 듣는다.

가을과 가을

제목이 가을과 가을 맞아?
가을과 겨울을 잘못 쓴 거 아니야?

미안해.

가을이 자꾸 짧아지는 게 안타까워서 그랬어. 붙잡고 싶어서 그랬어. 한두 달도 채 되지 않는 이 짧은 계절을 겨울이라는 힘센 계절과 맞세우는 게 불편해서 그랬어. 이제 곧 영원히 이별할지도 모르는 가을에게 누군가는 너를 기억하고 있다는 것을 알려 주고 싶어서 그랬어. 밀려나는 것들, 쓰러지는 것들, 사라져 가는 것들을 한 번 더 보듬자는 마음이 제목에서 느껴졌으면 해서 그랬어. 그래서 그랬어.

괜찮지?

습관
과
관습

습관을 뒤집으면 관습.

관습을 뒤집으면 습관.

개인과 사회는 서로 거울이라는 뜻이지. 완전히 따로 노는 게 아니라는 뜻이지. 나 한 사람이 습관을 바꾸면 사회 전체 관습이 달라질 수도 있다는 뜻이지. 시작은 늘 한 명이고 한 뼘이고 한 톨이지. 작고 초라한 움직임 하나가 결국 거대한 물결을 만들어 내지.

자. 그럼 나 하나 바꿔 세상을 바꿔 볼까. 누가 실수했다 실언 했다 하면 우르르 달려가 무자비한 댓글을 다는 습관, 너는 보이고 나는 안 보이는 익명의 숲에 숨어 이미 벌거벗은 사람 살 가죽까지 도려내는 잔인한 습관.

댓글 달고 후련할까. 오히려 찜찜하겠지. 이제 이런 못난 습관은 버리는 게 어떨까. 습관을 뒤집어 새로운 관습 만드는 그 멋진 일을 내 손가락이 가장 먼저 시작하는 거지. 바로 내가 거대한 물결을 만들어 내는 한 명, 한 뼘, 한 톨이 되는 거지.

이 글에, **내가 어떤 댓글을 달든 무슨 상관이야, 정철이라는 놈도 남 인생 참견하기 좋아하는 어쩔 수 없는 꼰대라니까!**라고 댓글 다는 정도라면 환영. 뜨끔하면서 환영. 아니, 아프게 환영.

우루사
와
게
보
린

간엔 우루사.

두통엔 게보린.

어떤 분야든 그 분야의 대명사가 되는 일은 쉽지 않지. **간 = 우루사. 두통 = 게보린.** 이런 등식을 만들어 낸 사람들이 보낸 그 숱한 불면의 밤을 우리가 다 상상할 수 있을까. 다 이해할 수 있을까. 휴일 휴가는 꿈도 못 꿨겠지. 가족은 있어도 없었겠지. 얼마나 힘들었을까. 얼마나 피곤했을까. 그들은 아직도 피로를 다 풀지 못했을 거야. 그래서 하루에도 몇 번씩 이런 등식을 떠올릴 거야. **피로 = 박카스.** 그래서 시도 때도 없이 박카스를 사 마실 거야.

어라?

우루사에, 게보린에 인생을 바친 결과가

엉뚱하게도 박카스 매출 수직 상승.

웃자고 한 이야기지만 웃을 수만은 없는 일이지. 나를 죽여 일을 살리는 것만큼 허무한 일은 없다는 얘기지. 인생길 한참 걸어가다 뒤돌아보면 죽자고 한 모든 일이 1이 아니라 2나 3이었다는 것을 알게 되지. 그래, 일이 1은 아니지.

비움
과
채움

텅 빈 가슴은 꿈으로 채우고
텅 빈 곳간은 땀으로 채우고
텅 빈 인생은 친구로 채우고
텅 빈 머리는 그대로 두시게.

가슴도
곳간도
인생도

머리를 비워야 채울 수 있으니.

당근
과
채
찍

말을 길들일 때 김철수 당신은 당근과 채찍을 함께 사용하시나요? 당근. 채찍을 사용하면 말이 많이 아파할 텐데요? 당근. 아플 걸 알면서 채찍을 드는 건 너무 심한 게 아닐까요? 방법이 없어. 이놈의 말이 이름만 말이지 말을 못 알아들어. **말을 못 알아들어요?** 그렇다니까. **어떤 말로 했는데요?** 어떤 말이긴 사람의 말이지. 말에겐 사람의 말이 외계어지요. 못 알아듣는 게 당연하지요. 말의 말로 했었어야지요. 말의 말? 히히힝, 뭐 그런 말? 당근이지요. 상대의 말을 이해하려는 노력, 그게 소통의 시작이지요. 그게 채찍을 내려놓는 유일한 방법이지요.

신입을 교육할 때 김철수 당신은 당근과 채찍을 함께 사용하시나요? 당근. 채찍을 사용하면 신입이 많이 아파할 텐데요? 당근. **아플 걸 알면서 채찍을 드는 건 너무 심한 게 아닐까요?** 방법이 없어. 놈이 내 말을 못 알아들어. **말을 못 알아들어요?** 그렇다니까. **어떤 말로 했는데요?** 어떤 말이긴 내가 늘 쓰는 말이지. **신입에겐 20년 경력의 말이 외계어지요. 못 알아듣는 게 당연하지요. 신입의 말로 했었어야지요.** 신입의 말? 모르겠어요, 이해가 안 가요, 뭐 그런 말? **당근이지요. 상대의 말을 이해하려는 노력, 그게 소통의 시작이지요. 그게 채찍을 내려놓는 유일한 방법이지요.**

아이를 가르칠 때 김철수 당신은 당근과 채찍을 함께 사용하시나요? 이제 '당근'이라 대답하지 마시고 '당근만'이라고 대답하세요. 채찍은 쳐다보지도 마세요.

더 주라~

질문
과
대답

정말 잘할 수 있겠니?

이 질문을 던지며 나는 어떤 대답을 기대했을까. **정말 잘할 수 있어.** 그래, 이 대답을 기대했을 것이다. 자신감을 듣고 싶어했을 것이다. 안심하고 일을 맡길 수 있기를 기대했을 것이다. 그런데 대답은 달랐다.

정말 잘하고 싶어.

아, 이 대답이 좋았다. 내가 들은 최고의 대답이었다. 대답은 '잘하고 싶어'였지만 그 어떤 '잘할 수 있어'보다 울림이 컸다. 그 어떤 '잘할 수 있어'보다 믿음이 갔다. 그의 능력을 확인하려 했던 나는 그를 응원하기 시작했다.

솔직함.
간절함.

사람 마음을 움직이려면 대답에 이 두 가지를 담아야 한다. 과
장을 버리고 그 자리에 나를 집어넣는 것이 솔직함이다. 그렇
다면 간절함은 어떻게 담아야 할까. 모두가 간절한 언어, 간절
한 표정으로 대답하는데 내가 더 간절하다는 것을 어떻게 알려
야 할까. 알리지 않아도 된다. 솔직함이 간절함을 저절로 전달
해 준다. 아무리 절절한 표현을 쏟아붓는다 해도 솔직함이 깔
려 있지 않은 간절함은 공허함일 뿐이다.

거울아 거울아~

진보
와
보수

나.

문화는 78퍼센트쯤 진보적인 생각을 갖고 있음.
경제는 63퍼센트쯤 보수적인 생각을 갖고 있음.

나, 진보야? 보수야?

진보와 보수가 적당히 섞였으니 진수거나 수진이겠지. 그래 좋
다. 진수와 수진이 논쟁하는 모습. 김진수와 박수진이 좌우를
넘나들며 자신이 옳다고 믿는 신념대로 밀고 가는 모습. 늘 한
방향으로만 총질하는 지루한 논쟁이 아니라 그때그때 적군과
아군이 바뀌는 흥미로운 논쟁.

줄 세우기, 안녕.
편 가르기, 안녕.

이분법, 제발 안녕.

의사
와
환자

술 담배 커피 끊고 채식하시고
정기적으로 운동하시면 큰 문제 없을 겁니다.

술 담배 커피 끊고 채식하고
정기적으로 운동할 거면 내가 여길 왜 왔겠소?

누가 옳고 누가 그를까. 둘 다 옳다. 환자 건강을 먼저 생각하
는 의사 말도 옳고, 자신이 할 수 있는 일과 할 수 없는 일을 확
실히 알고 있으니 다른 대안을 내놓으라는 환자 말도 옳다. 둘
은 대화를 통해 조금씩 차이를 좁힐 것이고 최선이든 차선이든
방법을 찾아낼 것이다.

그런데 그곳에 김철수 같은 어설픈 꼰대 한 사람이 끼어 있다면 문제가 복잡해진다. 그는 두 사람이 차이 좁히는 시간을 참지 못한다. 선천적 조급증과 무리한 참견증이 발동한다. 시키지도 않았는데 어느새 수간호사를 모시고 와 누가 옳고 누가 그른지 당장 심판해 달라고 한다. 의사도 환자도 수간호사도 아무 말 못 하고 눈만 껌뻑거리는 어이없는 풍경이 만들어지고 만다.

조급증과 참견증도 의사 앞에 앉아야 할 질병이다. 술 담배 커피 끊고 채식하고 정기적으로 운동한다 해도 쉽게 치료할 수 없는 심각한 고질병이다.

다르다 와 틀리다

'다르다'와 '틀리다'는
어떻게 틀린지 기술하시오.

만약 시험에 이런 문제가 나온다면
당신은 어떤 답을 쓰겠는가?
나는 당신이 이런 답을 쓰리라 믿는다.

문제가 틀렸소.

'다르다'와 '틀리다'는
어떻게 다른지 기술하시오.

이렇게 물었어야지요.

3부

꼰대 시선은
늘 내가 아니라

남을 향하고 있지요

꼰대는 남에겐 엄격하고 나에겐 너그럽습니다.
아니, 꼰대가 아니라고 주장하는 우리 모두가
두 개의 잣대를 들고 세상을 삽니다.
나를 보호하려는 본능을 야단칠 순 없겠지만
남이 아니라 나를 들여다보는 연습은
필요하지 않을까요?

나를

들여다보는
연습

우리는 쉽게 남을 비판하고 비난하고 비하한다.
도대체 이런 자신감은 어디에서 오는 걸까.

남이라는 글자를 잘 살피면 답이 보인다.

남이라는 글자엔 네모난 창이 있다. 받침으로 붙어 있다. 우리
는 이 창을 통해 남을 구석구석 들여다본다. 그래서 자신 있게
남 이야기를 한다. 하지만 **나**엔 받침이 없다. 네모난 창이 없
다. 창이 없어 내가 나를 들여다볼 수 없다. 내가 나를 들여다
볼 수 없으니 내가 나를 비판하지도 비난하지도 비하하지도 않
는다. 불공정이다. 불공평이다.

하루 한 번은 남에 붙은 창을 떼어 나에게 붙여야 한다. 그 순간 남은 나가 되고 나는 남이 된다. 나는 창을 통해 내 부끄러운 모습을 들여다본다. 얼굴 빨개진다. 더는 쉽게 남의 허물을 비판하고 비난하고 비하할 수 없다. 남과 나에게 같은 잣대를 들이대려면 네모난 창을 수시로 빌려 와야 한다. 나를 봐야 한다.

꼰대의

종류

세상엔 두 종류의 꼰대가 있다.

자신이 꼰대인 줄 알면서 꼰대 짓 하는 꼰대.
자신은 꼰대가 아니라고 확신하며 꼰대 짓 하는 꼰대.

전자는 몇 대 쥐어박고 싶을 만큼 밉지만
후자는 딱하고 가엾고 불쌍하고 안쓰럽고 애처롭다.

딱한 거나 가엾은 거나 불쌍한 거나 안쓰러운 거나 애처로운 거나 다 같은 말이다. 같은 말을 왜 이렇게 중언부언했을까. 종이와 연필이 남아돌아서 그랬을까. 제발 딱하고 가엾고 불쌍하고 안쓰럽고 애처로운 꼰대는 되지 말자는 뜻이겠지. 차라리 미움받고 몇 대 얻어터지는 꼰대가 되자는 뜻일 거야.

책 속엔

길이 없다

책을 읽는다는 건 어떤 의미일까. 작가 생각을 내 머릿속에 욱여넣는 일일까. 나는 책 읽는 행위를 이렇게 설명한다. 책에 누워 있던 작가 생각이 새처럼 훨훨 날아올라 내 머리 표면에 똑똑 노크를 하는 것.

작가 생각이 내 머리를 노크하는 순간 내 생각이 깨어난다. 이불 덮고 쿨쿨 잠자던 내 생각이 **어머, 손님 오셨네!** 하며 기지개를 켠다. 거울 보고 머리 빗고 옷 만지며 손님 맞을 채비를 한다. 그전까지는 형체를 알 수 없었던 내 생각이 비로소 모습을 갖추는 순간이다. 이때 주의할 것은 손님에게 주인 자리를 내주지 말라는 것, 내 생각 치우고 그 자리에 작가 생각 들어앉히면 안 된다는 것. 여전히 주인은 내 생각이고 작가 생각은 그저 손님이니까.

내 생각.

작가의 노크에 잠을 깬 내 생각. 작가 생각 덕에 비로소 생각 구실을 하게 된 내 생각. 이 내 생각이 내가 가야 할 길이다. 내 길이다. 내 생각이라는 놈이 도대체 어떻게 생겨 먹었는지 모르겠다면 작가 생각 모시고 와 이불 좀 치워 달라고 부탁하면 된다. 이불을 치우면 생각이 보이니까. 길이 보이니까. 그게 내 길이니까.

흔히 책 속에 길이 있다고 한다. 그러나 책 속에 있는 건 길이 아니라 글이다. 그 글이 그럴싸한 제목과 그럴싸한 표지에 둘러싸여 멋진 길로 보이는 것이다. 작가가 찾은 작가의 길을 내 길로 오해하지 말 것. 주인이 손님에게 길을 묻는 건 웃기는 일이니까. 아니 슬픈 일이니까.

윷놀이가

김철수에게

도

한 칸씩 뚜벅뚜벅. 어서어서, 빨리빨리는 대충대충을 낳을 수 있으니 목표를 향해 차근차근 움직이라는 뜻.

개

때로는 건너뛰기. 친구의 흠이나 실수를 눈감아 주라는 뜻. 세상 모든 일을 지적하고 참견할 필요는 없다는 뜻.

걸

한꺼번에 세 칸 전진. 이 길이 맞다 싶으면 의심하지 말고 세상 눈치 살피지 말고 거침없이 앞으로 가라는 뜻.

윷

한 번 더. 윷 네 개가 같은 모양일 때, 즉 모두가 하나 될 때 기회가 커진다는 뜻. 편 가르기 그만하라는 뜻.

모

한 번에 갈 수 있는 최장 거리. 내 능력 최대치가 어디까지인지 알아야 무리한 인생을 설계하지 않는다는 뜻.

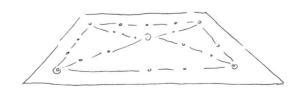

5 - 3

= 2

5에서 3을 빼면 2가 된다. 오해에서 세 가지를 걷어 내면 이해가 된다는 것을 수학적으로 입증한 등식이다. 오해에서 빠져나가 줘야 할 세 가지 마음은 무엇일까.

1. 저놈 저 요사한 말과 눈빛은 뭐지? 혹시 내가 가진 것을 앗아가려는 수작 아닐까? 어라, 그렇게 보니 정말 그런 것 같네.

2. 저놈이 지금은 이렇게 말하지만 결국은 저렇게 가고 말 거야. 그게 저놈이거든. 더는 안 속지. 어디 내가 한두 번 당했나.

3. 어디선가 들었어. 저놈은 나쁜 놈이야. 틀림없이 들었어. 저놈은 나쁜 놈이야. 죽어도 까먹지 말아야지. 저놈은 나쁜 놈이니까.

근거 없는 추측.

쓸데없이 훌륭한 기억력.

지나치게 얇은 귀.

이 세 가지를 버리지 않으면 오해는 계속된다. 그 누구도 이해
하기 어렵고 누구와도 소통할 수 없다. 오해를 이해로 바꾸는
등식 잘 기억해 두고 덤으로 이런 등식도 알아 두면 도움이 될
것이다.

1 + 1 = 1

소통의 의미를 일러 주는 등식이다. 너와 내가 완전하게 하나
되는 것이 소통이라는 뜻이다. 답이 틀렸다고? 어허, 당신의 수
학은 지나치게 훌륭하다. 수학을 버려야 사람을 얻는다. 나를
버려야 너를 얻는다.

귀지의

성분

무시 33퍼센트.
배타 33퍼센트.
단정 33퍼센트.

진짜 귀지는 딱 1퍼센트.

듣지 않으면 들리지 않는다.

걸핏하면
욕하는

김철수에게

욕 좀 하면 어때? 도저히 참기 어려울 땐 욕 좀 할 수 있는 거 아니야? 그래, 욕 좀 안 하고 사는 사람 어디 있어. 욕 좀 한다고 다 꼰대는 아니지. 아무렴.

이 대화에 대체로 동의한다. 그렇다고 '욕'에 동의하는 것은 아니다. '좀'에 동의한다. '좀'과 '걸핏하면'은 다르다. 좀 다른 게 아니라 많이 다르다.

명함을

내밀 때

1

반갑습니다.
김철수입니다.

2

반갑습니다. 저는 중구 충무로 16-1 대하빌딩 13층 신성물산 영업 본부 물류 2팀 김철수 대리라고 합니다. 저희 회사 대표 전화번호는 02-2040-9894이고 팩스 번호는 전화번호 끝자리만 5로 바꾸면 됩니다. 제 휴대전화 번호는 101-5398-3948이고 이메일 주소는 ggondae@naver.com입니다.

명함을 내밀 땐 누구나 1처럼 말한다. 2처럼 말하는 사람은 없다. 가벼운 인사와 이름만 짧게 건네면 나머지는 명함이 다 얘기해 준다. 어차피 핵심은 이름이다. 사실 명함 주고받는 그 짧은 순간에 이름 기억해 주는 것도 쉬운 일은 아니다. 주소와 전화번호까지 기억해 달라고 하는 건 욕심이다. 핵심을 가리는 건 늘 욕심이다.

핵심이 흐릿할수록
욕심이 왕성할수록
말은 많아지고 길어지고 늘어진다.

영희하다

너는 태어나면서 영희라는 이름을 얻었고 지금껏 영희라는 이름으로 살아왔지. 이름 부끄럽지 않게 살아온 상으로 네 이름을 국어사전에 등재하기로 했어. 축하해. 사전엔 네 이름 뒤에 '하다'를 붙인 '영희하다'라는 형용사로 오를 거야. 이제 국어사전 이응을 펼치면 '영화화'와 '옅다'라는 단어 사이에 '영희하다'라는 단어가 보일 거야.

그런데 영희 네가 해 줘야 할 일이 하나 있어. 몇몇 국어학자들이 '영희하다'의 뜻풀이를 고민했지만 결론을 내리지 못했어. 너만큼 영희를 잘 아는 사람은 없으니 네가 뜻을 풀어 줘야 할 것 같아. 너는 너를 어떻게 설명할래? 나? 글쎄 나라면 너를 이렇게 설명하겠지.

영희하다

① 하는 말도 하는 짓도 반듯하다. 남의 귀감이 되다.

② 흔하다. 어디서든 볼 수 있을 만큼 평범하다. 철수하다의
   동의어.

너는 늘 철수와 함께 국어책에 나오던 바른 생활 아이였지. 또
한때 네 이름은 가장 흔한 이름이었어. 그러니 나는 너를 이렇
게 풀 수밖에. 재미없지? 내 뜻풀이는 무시하고 네가 제대로
써 줘야 해. 당장 쓰지 않아도 좋아. 네 삶을 돌아보고 나는 누
구라는 확신이 설 때 그때 쓰면 돼. 지금까지 별 특징 없이 살
아왔다면 이제부터 너를 설명할 뭔가를 찾아 가고 만들어 가면
돼. 기대할게.

영희 아닌 당신도 남 얘기 듣듯 하지는 마. 국어사전에 등재될
그다음 단어가 당신 이름일 수도 있거든. 뜻풀이 역시 당신이
해야 하거든. 그때 가서 어떻게 써야 할지 모르겠다고 도망가지
말고 지금부터라도 다음 단어의 의미를 잘 만들어 놓길 바라.

선영하다.
원재하다.
정미하다.
성훈하다.

정치인

욕하는 법

우리는 썩은 사과를 발견하면 사과를 나무라지 않는다.
사과를 냉장고에 넣지 않고 방치한 사과 주인을 나무란다.

그러니 정치인에게 썩었다고 욕하기 전에 생각할 것.
그들을 뽑은 후 냉장고에 넣지 않고 방치한 게 누구인지.

새벽차 타고
달려가는

김철수에게

우리는 늘 남에게 내 눈과 귀를 내어 준다. 남의 이야기에 **아하! 오호!** 감동 감격 감탄할 자세가 잘 되어 있다. 물론 남을 관찰하여 나를 경계하는 일, 나쁘지 않다. 새벽차 타고 달려가 존경하는 사람 특강 맨 앞자리에 앉는 자세는 분명 인생에 도움을 줄 것이다. 하지만 남에게 시선을 고정하느라 나를 살피지 않았음을 고백해야 한다.

그랬다. 어릴 때부터 그랬다. 어릴 때부터 우리에게 나는 없었다. 남과 비교하는 교육, 남을 이기는 교육을 줄곧 받은 터라 내가 나를 몰랐다. 나를 들여다볼 시간에 남을 살폈고 남의 발자국 속에서 내 길을 찾았기에 나는 없었다.

이제라도 나를 관찰해야 한다. 나를 공부해야 한다. 남의 목소리보다 내 목소리 듣는 일에 더 많은 시간을 줘야 한다. 누구 하나 듣지 않더라도 내 특강을 준비해야 한다. 그게 나를 사는 길이다.

죽어 하늘나라에 가면 염라대왕이 물을 것이다. 네 인생을 한 마디로 요약해 보라고. 그때, 남의 특강 999회 참석이라 대답한다면 조금 슬프지 않을까.

콩나물국밥과

계란

콩나물국밥집에 들어갔다. 두 가지 메뉴 중 하나를 선택하란
다. 전주 남부시장식 국밥은 계란을 따로 준단다. 맑은 국물 국
밥이란다. 전주 끓이는 식 국밥은 계란을 국밥에 넣어 끓여 준
단다. 걸쭉한 국물 국밥이란다.

나는 고민에 빠진다. 어떤 국밥이 더 맛있는지 알 길이 없다.
어떤 게 더 맛있냐고 주인에게 물어본다. 손님 취향 따라 다르
다는 빤한 대답이 돌아온다. 시켜야 한다. 주문해야 한다. 그래
야 한 그릇 얻어먹을 수 있다. 그래야 굶어 죽지 않는다. 벽을
본다. 또박또박 시계가 분주히 움직인다. 시간이 나를 압박한
다. 더 미룰 수 없다. 벽시계 아래에 메뉴판이 보인다. 저곳에
무슨 힌트가 있지 않을까. 전주 남부시장식 국밥이 맨 위에 적
혀 있다. 그래, 메뉴판 맨 윗자리를 차지한 이유가 있을 거야.
이게 이 집 대표 메뉴라는 뜻일 거야. 살았다. 만약 벽을 보지

않았다면 나는 끝내 굶어 죽었으리라. 안도의 한숨을 내쉬며 계란 따로 국밥을 시킨다. 얼마 후 맑은 국물 국밥이 나왔다. 나는 잠시 고민하다 계란을 국밥에 넣어 걸쭉한 국물 국밥으로 만들어 먹는다.

그게 그거다. 그 밥이 그 밥이다. 그런데 우리는 그게 그거인 선택을 너무 심각하게 고민한다. 너무 많은 자료에 기대고 너무 많은 사람에게 조언을 구한다. 너무 긴 시간을 고민에 사용한다. 하지만 남의 고민을 내 고민처럼 들어 주는 사람은 없다. 기껏해야 국밥집 주인 같은 성의 없는 대답만 돌아올 뿐. 내 선택이다. 남이 아니라 나에게 묻는 게 낫다. 내가 나를 그나마 가장 잘 안다.

설사 잘못된 선택을 한다 해도
내 책임이니 후회도 적고 미련도 짧다.

누구나

너는 말한다.
쉽게 말한다.

누구나 다 그래.

이 말을 듣는 순간 **아!** 짧은 탄식을 내뱉은 내 입은 쉽게 다물어지지 않는다. 너를 바라보는 내 동공은 한없이 커진다. 정말 엄청난 말이다. 우리 인류의 보편적 특성 하나를 마침내 네가 찾아냈다는 말 아닌가.

내 앞에서 이렇게 지나가는 말로 할 말이 아니다. 기자, 학자, 노벨위원회 위원 다 불러 모아 놓고 해야 할 말이다. 텔레비전 생중계 잡아 놓고 해야 할 말이다.

그런데 정작 너는 무덤덤하다. 너는 네가 지금 무슨 말을 했는지 모르는 것 같다. 표정이 그렇다. 자신이 한 말의 그 엄청난 무게를 자신이 모르다니. 이게 말이 되는가. 말이 안 된다. 그래, 겸손이다. 무욕이다. 너는 세속적인 영광과 영예에 초연한 사람임이 분명하다.

존경한다.

지우개의

역할

지우개의 역할은 지우는 것이 아니라 다시 쓰게 하는 것이다.
연필에게 한 번 더 기회를 주는 것이다. 이미 그대는 김철수라
는 그대 이름 앞에 꼰대라고 썼다. 써 놓고 후회하고 있다. 몇
번이고 지우개를 들었다 놓았다 했다. 이제 지우고 다시 쓸 때
가 되었다. 하지만 꼰대를 지운 그 자리에 절대, 적대, 학대, 콧
대, 삿대, 핏대 같은 말을 쓴다면 새롭게 주어진 기회를 스스로
놓아 버리는 꼴이다.

등대라고 써라. 그대는 누군가에게 길을 알려 주는 좋은 어른
이 될 수 있다. 관대라고 써라. 사람들이 하나둘 그대 곁에 모
일 것이다. 존대라고 써라. 그대를 향해 더 큰 존대가 돌아올
것이다. 환대, 초대, 연대라고 써라. 갈등은 지워지고 지금보다
웃는 날이 훨씬 더 많아질 것이다.

쑥스러워서 그런 말 못 쓰겠다면 차라리 순대나 빈대라고 써라. 그 어떤 말도 꼰대보다는 나을 것이다.

전편의

마지막
장면

만화는 친절하기도 하지. 전편 기억을 되살려 주며 다음 이야기를 꺼내잖아. 근데 그게 정말 만화 보는 사람을 위한 배려일까. 아니야. 만화 그리는 자신을 위한 배려지. 자신의 얘기를 오해나 혼란 없이 듣게 하려는 섬세한 욕심. 그게 바로 전편의 마지막 장면이라는 장치지.

듣는 사람을 배려하는 건 결국 말하는 나를 배려하는 거라는 사실. 내가 하는 말이 한여름 매미 울음 같은 소음이 되지 않기 위한, 그러니까 철저하게 이기적인 배려.

그대도 나도 남을 배려하는 건 서툴지만 이기적인 행동은 자신 있지. 그러니 이제부터 듣는 사람을 배려하며 말하는 거야. 내 말을 빨아들이는 그 사람의 흡수력은 어느 정도인지, 내 말을 들으며 그 사람 표정이 일그러지지는 않는지, 몇 번 하품하는지, 이런 모든 것들을 잘 살피며 말하는 거야. 이기적으로. 아주 섬세하게 이기적으로.

몇 시까지가
아침인가

누군가는 8시,
누군가는 9시,
누군가는 10시라고 대답한다.

그래, 그럼 평균 시각인
9시까지가 아침인 걸로 합의한다.

합의가 싫다. 앞뒤 싹둑 자르는 평균이 싫다. 어떻게든 하나의
정답을 도출해 내고야 마는 그 반듯한 사명감이 싫다. 다름을
인정하지 않는 이런 태도는 주위 사람뿐 아니라 자기 자신마저
피곤하게 만든다. 답이 없는 이런 질문에 끝없이 대답을 내놓
아야 하니까.

어디까지가 집 근처인가.

어느 정도 친해야 친한 건가.

몇 잔까지 마셔야 가볍게 한잔인가.

누군가에겐 무질서가 피곤이지만 누군가에겐 정리 정돈이 피곤일 수도 있다. 김철수는 김철수를 살고. 박영희는 박영희를 살고. 그것이 각자의 인생. 그것이 인생.

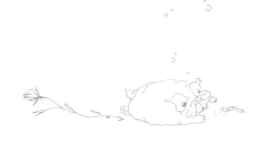

개
조심

개
조
심.

우리 집 개가 당신 다리를 물 수도 있어.
그러니 알아서 기어. 물려도 내 책임 아니야.

정의롭지 못하다. 사람이 대문 열고 들어가 개와 마주치는 상황. 이 상황에선 날카로운 이빨과 발톱을 가진 개가 강자다. 사람은 약자다. 강자에겐 아무 말 못 하고 약자에게만 책임을 묻는 건 가장 질 나쁜 꼰대 짓이다.

'개 조심'은 '이 집 주인 김철수는 꼰대입니다'라는 자백이다. 대문에 '개 조심'을 붙이려면 그보다 먼저 개집 근처에 '사람 조심'을 붙여야 한다. 그래야 조금이라도 정의에 가깝다. 약자를 윽박지르기 전에 강자에게 더 조심하라고 더 겸손하라고 더 배려하라고 더 희생하라고 말해야 옳다. 소심해서 그런 말 못하겠다고?

개
소
심.

기상
캐스터처럼

그녀는 존댓말을 한다. 그녀는 웃으며 말한다. 그녀는 바른 자세로 말한다. 그녀는 내 눈을 보며 말한다. 그녀는 과거가 아니라 미래 이야기를 한다. 하지만 너무 먼 미래 이야기는 하지 않는다. 그녀는 서울특별시 얘기만 하는 게 아니라 울릉도, 독도까지 다 챙기며 말한다. 그녀는 영상 28도, 영하 12도 구체적으로 말한다. 그녀는 '있을 수 없는', '말도 안 되는' 같은 과장된 수식어를 쓰지 않는다. 그녀는 우산을 챙기라거나 옷을 조금 두껍게 입으라는 정도의 가벼운 조언만 한다. 그녀는 불필요한 외국 말을 쓰지 않는다. 그녀는 짧게 말한다.

우리는 수십 년 텔레비전 뉴스를 봤고 뉴스 끝에 등장하는 그녀를 만났다. 이제 그녀가 말하는 법을 줄줄 외울 때도 됐다.

신의

마지막
배려

꼰대가 될수록 귀의 기능은 퇴화한다.
이는 신이 꼰대에게 내리는 벌이 아니라 마지막 배려다.
가까이에서 누가 이런 통화 하더라도 듣지 말라고.

**여기 사람 셋하고
꼰대 하나 있어.**

33층

집은 33층이고 엘리베이터는 고장이다. 계단을 밟고 올라간다. 헉헉거리며 올라간다. 5층쯤에선 짜증이 난다. 15층쯤에선 욕이 나온다. 25층쯤에선 분노를 내뱉는다. 마침내 33층. 현관문 열자마자 큰 대(大) 자로 고꾸라진다.

왜 이럴까?
왜 사망 직전까지 갈 줄 알면서 기어코 33층을 기어올라 갈까?

이번 한 번으로 헉헉거리는 일은 끝일 거라 믿기 때문이다. 언제 그랬냐는 듯 엘리베이터는 곧 정상 가동될 거라 믿기 때문이다. 고생이든 고난이든 고통이든 딱 한 번만 견디면 끝난다는 믿음이 있을 때 우리는 그것을 감내한다.

내 괴팍함을 견디지 못하고 내 곁을 떠나는 누군가가 있다면 그의 부실한 인내를 탓하기에 앞서 내가 누구인지 살펴야 한다. 엘리베이터가 아주 가끔 고장 나는 33층인지, 엘리베이터가 아예 없는 33층인지.

오빠

길을 걷는다. 등 뒤에서 누가 부른다. **오빠!** 하지만 나는 뒤돌아보지 않는다. 목을 고정시킨 채 가던 길을 간다. 나는 안다. 이제 나를 오빠라 부를 사람은 없다는 것을.

젊어 보이는 옷, 젊어 보이는 헤어스타일, 젊어 보이는 말투 다 갖춘다 해도 나는 오빠로 돌아갈 수 없다. 지금 내가 할 일은 오빠로 보이려고 애쓰는 일이 아니라 애쓰지 않는 일이다. 제 나이로 보이게 그냥 두는 것이다.

40대는 40대 얼굴을.

50대는 50대 표정을.

60대는 60대 향기를.

시간을 되돌리려는 욕심을 내려놓으면 편안해 보인다. 멋은 편
안함에서 나온다. 어렵지 않다. 인정할 것을 인정하면 된다.

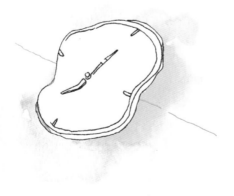

무서운

이야기

김철수가 말했다.
내가 무서운 이야기 하나 해 줄게.
사람들은 이야기를 꺼내기도 전에 덜덜 떤다.

제발 무서워야 할 텐데.
제발 무서워야 할 텐데.

비명 질러야 할 타이밍을 놓치면 어떡하나.
나도 모르게 픽 웃어 버리면 어떡하나.
웃는 순간 그와 눈이 마주치면 어떡하나.

덜덜덜.

이상한

운동회

올림픽은 전 세계 70억 인구 중 네 번째로 운동 잘하는 사람을
아무것도 아닌 사람으로 만들어 버리는 이상한 운동회다. 70억
인구 중 네 번째로 운동 잘하는 사람이, 70억 인구 중 네 번째
로 운동 잘해서 죄송하다고 말해야 하는 참 이상한 운동회다.

그런데 이 이상한 풍경이 낯설지 않다.
어디서 봤더라?

1등 김연느
2등 아시다
3등 조아니

그래, 서울대, 연세대, 고려대 아니면 죄송해야 하는 아이들. 판검사, 의사, 박사 아니면 또 한 번 죄송해야 하는 아이들. 최선을 다했더라도 금은동 아니면 무조건 고개 숙여야 하는 익숙한 풍경. 어른들의 욕심이 주최하고 교육부가 후원하는 또 하나의 이상한 운동회.

4등 죄송합니다
5등 죄송합니다
6등 죄송합니다
7등 죄송합니다
8등 죄송합니다

동물의 왕국
꼰대는

누구일까

사자일까?

하마일까?

악어일까?

아니다. 개구리다. 개구리가 꼰대 중의 꼰대, 최강 꼰대다. 개구리는 올챙이 시절을 기억하지 못한다. 꼰대들의 편리한 기억법과 일치한다. 또 아는 건 우물 하나 크기면서 시도 때도 없이 그 큰 입을 들썩이며 떠든다. 하지만 그가 떠드는 소리를 자세히 들어 보면 맨날 그 소리다. 어제도 개굴개굴. 오늘도 개굴개굴. 늘 폴짝폴짝 뛰어다니며 동네 참견 다 하는 모습도 꼰대들의 특징 그대로다. 게다가 놈은 몰인정하기 짝이 없다. 놈의 입에 맞아 죽은 장구벌레나 하루살이가 어디 한둘일까. 특히 파리를 대하는 놈의 모습은 정나미가 뚝 떨어진다. 제발 살려 달라고 그렇게 두 손 모아 빌어도 날름 한입에 삼켜 버린다.

어느 모로 보나 인간계 꼰대들에게 조금도 뒤지지 않을 꼰대가
바로 개구리다. 그러나 누구도 개구리를 지구 최강 꼰대라고
말하지는 않는다. 놈은 그래도 겨울 한 철은 꼰대 짓을 안 한
다. 겨울잠이라도 잔다.

그렇다면 식물계의 최강 꼰대는 누구일
까? 소나무다. 남산 위의 저 소나무다. 철
갑을 두른. 부끄러운 줄 모르는. 물러날 줄
모르는.

총체적

난국

눈은 노안,
귀는 이명,
이마는 훌랑.
어깨는 오십견.
배는 볼록.
전립선은 퉁퉁.
식도엔 염증.
위장엔 구멍.
팔목과 발목은 시큰.
혈압은 쑥쑥.
혈당은 아슬.
정신은 늘 깜빡깜빡.

어느 한 곳 멀쩡한 데가 없다. 내일 쓰러진다 해도 이상하지 않다. 하지만 이 정도를 총체적 난국이라고 표현하지는 않는다. 약하다. 그냥 난국 정도로 표현하는 게 좋다. 총체적이라는 단어를 갖다 쓰려면 입을 봐야 한다. 이런 난국에서도 입은 맹렬하게 간섭과 지적과 조언과 충고와 호통을 쏟아 내는 것, 이게 진정한 총체적 난국이다.

만화 주인공

김복동 이야기

복동이 네가 만화 주인공이 된다고 했을 때 모두들 기뻐했지. 축하했지. 네 고생도 이제 끝났다고 생각했지. 너의 그 착함과 순수함이 세상을 감동시킬 거라 믿었지. 그런데 그게 아니었어. 만화 주인공이 된다는 건 현실에선 결코 주인공이 될 수 없다는 뜻이었어. 사람들은 만화에 나오는 너를 보며 이렇게 말했지. 너 같은 사람은 만화에나 있는 사람이라고. 너처럼 사는 건 만화에서나 가능한 일이라고. 비현실적이라고. 너의 표정, 너의 생각, 너의 행동 모두가 현실의 너 그대로였지만 만화 속으로 들어가는 순간 모조리 비현실이 되어 버린 거야. 그걸 지켜봐야 하는 나는 안타까웠어. 너는 난감해했지. 그러다 결심한 듯 만화가를 찾아가 부탁했지. 이제 있는 그대로의 너를 그리지 말고 작가의 상상력이 만들어 낸 너를 그려 달라고. 너를 꼰대로 만들어도 좋으니 현실 세계에 있을 법한 그런 이야기를 그려 달라고. 그때 네 표정을 난 잊을 수 없어. 네 삶을 헐값

에 팔아넘기는 것 같은 그 허탈한 표정. 만화가는 이렇게 대답했지. 이제 와서 너를 딴사람으로 그린다면 세상이 동의하지도 수용하지도 않을 거라고. 그나마 보여 주는 관심마저 사라질 거라고. 어렵더라도 끝까지 타협 없이 가 보자고. 하지만 너는 주인공 노릇이 너무 힘들었어. 그래서 고집을 거두지 않았고 만화가는 결국 네 뜻에 따랐지. 그날 이후 만화 속 너는 다른 사람이 되었지. 남을 폄하하여 나를 챙기는 사람. 누군가의 장점이 보이면 얼른 그의 단점을 찾아내 동네방네 알리고 다니는 사람. 한 집 건너 하나씩 있는 흔하디흔한 사람. 여전히 주인공이지만 주인공이라 하기 민망한 그런 주인공. 독자들 반응은 어땠을까? 결국 이렇게 될 걸 그동안 뭐 그리 잘난 척했느냐고 손가락질을 했지. 하지만 욕을 하면서도 크게 화를 내지는 않았어. 오히려 은근히 흡족해하는 표정이었어. 그래, 그들은 그동안 불편했던 거야. 자신과는 너무 다르게, 너무 순수하게 사는 너를 지켜봐야 하는 불편. 자신과 너를 자꾸 비교하게 되는 불편. 그때마다 자기 자신에게 화가 나는 불편. 너의 변신은 그들을 편안하게 해 주었으니 성공이라면 성공일 수도 있겠지. 하지만 편안하다는 건 눈을 끌 수 없다는 뜻이었어. 독자 수가 현저히 줄었고 만화는 서둘러 연재를 끝내야 했지. 허무했어. 화도 났고. 독자들에게 이리저리 휘둘리다 또 하나의 꼰대가 되고 만 네가. 딴세상 사람 같다는 불편한 말을 끝까지 견디지 못한 네가. 너를 끝까지 응원해 주지 못한 내가.

사람

1.5

사람 1
외로우니까, 곁에 아무도 없으니까
일이 손에 잡히지 않아. 아무 일도 못 하겠어.

사람 2
외로우니까, 곁에 아무도 없으니까
일을 방해할 사람도 없어. 무슨 일이든 해야겠어.

혼자라도 괜찮아

외로움에게 순순히 항복할 줄 아는 1.
외로움을 에너지로 사용할 줄 아는 2.

1은 1대로 멋지고
2는 2대로 멋지다.

1과 2에게 1.5가 되라고
강요하지 말 것.

제발.

애국심이
아니라

나는 꼰대들의 애국심을 존경한다. 김철수가 군복에 선글라스 쓰고 청계광장에 나가 태극기 흔드는 그 불편한 모습도 존중한다. 하지만 프로야구 경기에 앞서 동해물과 백두산이 마르고 닳도록 국기에 경례하는 그 진지한 풍경은 찬성할 수 없다. 국가 대항전도 아닌데 웬 애국가? 웬 태극기?

국가님이 보우하사 우리 국민이 야구를 하고 야구를 봅니다.
대한민국에서 태어난 게 눈물 나게 자랑스럽습니다.
국가님, 만수무강하옵소서.

만약 이런 태도를 원하는 거라면 너무 후지다. 누가 알까 누가 볼까 무섭게 후지다. 프로야구에 필요한 건 애국심이 아니라 애엘지심이나 애기아심이다. 애야구심이다. 아니면 아들딸 손잡고 야구장 찾은 사람들 표정에서 읽을 수 있는 애가족심이다.

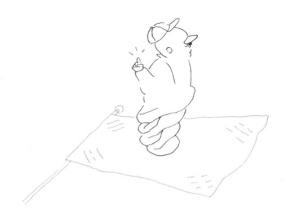

더도 덜도 필요 없다.

애국심은 누가 가지라고 윽박지른다 해서 가져지는 게 아니다. 가슴에서 저절로 우러나는 것이다. 김 일병에게 정신교육 시키고 사격 훈련 시키면 생기는 게 아니라, 박 병장이 이름 모를 들꽃 한 송이를 꺾어 김 일병 철모 위에 꽂아 줄 때 뭉클 솟는 것이다. 대통령이 G7 정상회담에서 연설하는 모습을 볼 때 생기는 게 아니라, 바르셀로나 어느 이름 모를 골목에서 어느 이름 모를 노인이 어느 이름 모를 악기로 아리랑을 서툴게 연주하는 풍경을 만났을 때 문득 솟는 것이다.

국민을 가르치려 드는 국가의 권위적인 태도에서 전형적인 꼰대의 모습을 본다. 그건 애국심이 아니라 꼰대심이다.

지는

법

가로 열아홉 줄.
세로 열아홉 줄.
19 곱하기 19는 361.

바둑판 위에 바둑돌을 놓을 곳은 361곳이다. 흑이 먼저 우상
귀에 돌 하나를 놓는다. 이제 백 차례다. 내가 백이다. 백돌을
놓을 수 있는 곳은 360곳. 그런데 백을 든 나는 흑돌이 이미 놓
인 우상귀 그곳이 자꾸 좋아 보인다. 그 수보다 멋진 수는 없어
보인다. 고민 끝에 흑돌 위에 백돌을 슬며시 포개 놓는다. 흑돌
위에 놓은 백돌. 아슬아슬 불안정한 백돌. 결국 얼마 버티지 못
하고 쓰러진다. 무너진다. 진다.

내 바둑을 두지 않으면 진다.

내 인생을 살지 않으면 진다.

무책임을

권하며

작가의 글은 곧 그의 삶일까?

창피한 이야기지만 나는 아니다. 자신이 쓴 글 그대로 사는 작가도 있겠지만 나는 아니다. 내 글엔 '이렇게 살고 있어요'보다 '이렇게 살고 싶어요'가 더 많다. 내 소망이나 욕심을 욱여넣은 글이 훨씬 더 많다. 이 책에 등장하는 글도 그렇다. 무책임이다. 나는 그렇게 살지 않으면서 남에게 그렇게 사는 게 좋다고 말하는 건 분명 무책임이다.

그런데 내 이런 무책임이 내게 도움을 준다. 나는 내가 저질러 놓은 글에 제약받고 통제받는다. 내 글은 글과 반대로 가려는 내 뒷덜미를 붙잡는다. **아차, 내가 그런 글을 썼지!** 나는 얼굴 빨개지며 내가 쓴 글 쪽으로 얼른 방향을 바꾼다. 생각과 태도와 행동을 바꾼다. 그러니 내 무책임이 오히려 내게 책임감을 더해 주는 셈이다.

꼭 하고 싶은 일이 있는데 자신이 없다. 어떻게 해야 할까. 움츠러들어야 할까. 오히려 내가 이 일을 꼭 해내겠다고 만천하에 공표해 버리는 건 어떨까. 대책 없이. 무책임하게. 지켜보는 눈이 많으면 어떻게든 하게 되지 않을까. 무책임이 책임감을 불러오지 않을까. 혼자 하는 금연 결심은 성공하기 어렵다 하지 않는가.

4부

꼰대어 사전

생각이 말이 되고 말이 행동이 되고
행동이 습관이 되고
습관이 인생이 된다고 합니다.

꼰대들의 생각과 언어를 살펴 경계한다면
인생이 바뀔 수 있다는 얘기입니다.

〈꼰대어 사전〉에 등장하는 단어를
당신의 사전에서 지우십시오.

[왕년] ◀»

자기 자신을 철저히 초라하게 만들고 싶을 때 사용하는
자학어 또는 자멸어. 자신이 한때 잘나갔음을 부각함으로
써 지금 내가 얼마나 보잘것없는 사람인지 만천하에 자백
하는 데 상당한 효과가 있다.

관련 표현

왕년에 내가

이 말이 누군가의 입에서 나온다면 그건 술자리를 끝낼 때가 되었다
는 뜻이다. 이때 술자리를 끝내지 않으면 '왕년에 내가'의 맞은편에 앉
은 사람이 '왕년에 나는'이나 '왕년에 나도' 같은 말로 술자리 연장을
꾀한다. 물론 '왕년에 내가'와 '왕년에 나는'은 평생 친구 먹으면 된다.
둘 다 과거를 사는 사람이니 때론 2005년에서 만나고 때론 1999년에
서 만나는 좋은 친구가 될 것이다. 단, 술자리에 이 두 사람만 남기고
다 가 버려서는 안 된다. 그 술자리는 영원히 끝나지 않을 테니.

해석 방법

1. 왕년에 내가 집에 운전기사 두고 살 때
   → 버스 타고 여기 왔어.

2. 왕년에 내가 대기업 부장 자리에 있을 때
   → 어디 일자리 없을까?

3. 왕년에 난 이랬는데 요즘 젊은 것들은
   → 너희가 부러워 죽겠어.

〈킬리만자로의 표범〉

먹이를 찾아 산기슭을 어슬렁거리는 하이에나를 본 일이 있는가. 짐 승의 썩은 고기만을 찾아다니는 산기슭의 하이에나. 나는 하이에나가 아니라 표범이고 싶다. 산정 높이 올라가 굶어서 얼어 죽는 눈 덮인 킬리만자로의 그 표범이고 싶다. 자고 나면 위대해지고 자고 나면 초 라해지는 나는 지금 지구의 어두운 모퉁이에서 잠시 쉬고 있다. 야망 에 찬 도시의 그 불빛 어디에도 나는 없다. 이 큰 도시의 복판에 이렇 듯 철저히 혼자 버려진들 무슨 상관이랴. 나보다 더 불행하게 살다 간 고흐란 사나이도 있었는데.

조용필 오빠의 〈킬리만자로의 표범〉이라는 노래 앞부분 독백이다. 당 신도 눈 덮인 킬리만자로의 표범이고 싶은가? 지독한 쓸쓸함을 경험 하고 싶은가? 고흐보다 더 혹독하게 외로워지고 싶은가? 어렵지 않 다. 술자리에서든 회의실에서든 왕년이라는 단어를 슬쩍 내밀어 보 라. 순간 그곳은 해발 수천 미터의 킬리만자로로 변할 것이고 주먹만 한 눈이 펑펑 쏟아질 것이고 그 눈 내리는 산기슭에 당신 홀로 남을 것이고 고독이라는 친구와 길고 깊은 악수를 나눌 것이다.

최근엔 왕년이라는 단어를 쓰지 않고 같은 목적을 꾀하는 표현이 속 속 개발되어 시중에 나돌고 있다. **한때, 그때, 옛날에, 소싯적에, 언제더라, 기억나니?** 같은 말들이다. 꺼내 드는 단어는 다르지만 목적은 모두 같다. 교묘한 위장술이다. 이들에게 말려들면 역시 술자 리는 끝나지 않을 것이고 당신은 집에 돌아갈 수 없다.

[오지랖] ◄))

옷옷의 앞자락. 뒤끝 있는 디자이너는 미워 죽을 것 같은 모델에게 오지랖을 최대한 넓게 디자인한 옷을 만들어 입힌다. 모델은 쓸데없이 넓은 오지랖 때문에 아무리 맵시 있게 워킹을 해도 폼이 나지 않으며 때론 오지랖에 다리가 걸려 무대에서 넘어지기도 한다. 옷도 사람도 오지랖이 너무 넓으면 불량품.

관련 표현

오지랖 떨다

자네 직장 생활 하면서 이런 고충 있지 않나? 만약 이런 고충이 있다면 지금부터 내 얘기를 잘 듣게. 이건 내 경험에서 나온 보약 열 첩 같은 얘기야. 아니 어디 가서 돈 주고도 살 수 없는 얘기지. 뭐라고? 그런 고충 아직은 없다고? 그래, 그게 문제야. 내 문제가 뭔지 모르는 그게 더 문제라고. 자넨 틀림없이 이런 고충이 있을 거야. 아니, 있어. 이 김철수의 충고를 간섭이나 참견이라 생각 말고 듣게. 내가 무슨 충고 못 해 안달하는 사람도 아니고, 왜 자네한테만 이런 얘기를 해 주겠나. 다 자네를 믿는다는 뜻이지. 인정한다는 뜻이지. 뭐? 오늘은 약속이 있으니 다음에 듣겠다고? 거지 같은 약속 하나가 자네 인생을 망가뜨릴 수도 있어. 모든 일엔 선후가 있는 법이야. 무슨 뜻인지 알겠나? 자네 그 표정은 또 뭔가? 내 얘기가 못마땅하다는 건가? 바로 그런 태도가 문제야. 자네 문제의 90퍼센트는 바로 그런 태도에서 비롯된 거라고.

충고가 오지랖을 만나면 고충이 될 수도 있다.

떨다

궁상떨다
극성떨다
엄살떨다

'떨다'가 붙는 행동은 그리 아름답지 못하다. 환영받지 못한다. 일단 '떨다'가 보이면 지나침을 경계하라는 뜻으로 받아들여야 한다. 오지랖에 '떨다'가 붙는 이유도 같다.

사랑떨다
배려떨다
감사떨다

누구도 이런 말을 들은 적 없을 것이다. 지나침을 경계할 필요 없는, 아니 지나칠수록 오히려 환영받는 행동엔 '떨다'를 붙이지 않는다.

오지라퍼

숨 가쁘게 말을 쏟아 내는 래퍼처럼 끝도 없이 오지랖을 쏟아 내는 사람. 그는 스스로를 멘토라 생각하지만 그의 오지랖을 들어야 하는 사람 눈엔 그가 그냥 꼰대. 오지라퍼가 되기 쉬운 사람으로는 다음 다섯을 꼽을 수 있다.

1. 세상 모든 어른
2. 세상 모든 선배
3. 세상 모든 엄마
4. 세상 모든 선생
5. 세상 모든 작가

《꼰대 김철수》

당신이 지금 손에 쥔 책. 꼰대가 꼰대 짓 하는 걸 왜 그냥 두지 못하는지. 무슨 역사적 사명을 타고 난 것도 아닌데 왜 이렇게 자근자근 씹으며 오지랖을 떠는지. 나도 참.

[통일] ◀))

한때는 우리의 소원이었던 단어. 꿈에도 소원이었던 단어. 하지만 이젠 음식점에서 식사 주문할 때 식성과 취향과 개성을 짓밟는 용도로만 겨우 생명을 유지하고 있다. 다른 용도로 이 단어를 사용하는 순간 종북 의심을 받을 수 있으니 주의할 것.

관련 표현

짜장면 통일!

오늘은 내가 쏠 테니 먹고 싶은 것 다 시켜. 메뉴판 어디 있지? 이리 줘 봐. 나부터 고를게. 나는 짜장면! 이 집 짜장면 잘해.

음…… 저도 짜장면요.
음…… 저도 짜장면요.
음…… 저도 짜장면요.

식성들 촌스럽기는. 탕수육 없어? 삼선짬뽕도 하나 없어? 그래, 하나로 통일해야 빨리 나오긴 하지. 아줌마, 여기 짜장면 통일!

옷도 통일. 헤어스타일도 통일. 가방도 통일. 책상도 통일. 서류도 통일. 명함도 통일. 월급도 통일. 보너스도 통일. 생각도 통일. 판단도 통일. 미래도 통일. 아침 아홉 시부터 저녁 여섯 시까지 죽어라고 통일을 껴안고 살아야 하는 이 땅의 샐러리맨들. 점심시간 한 시간만이라도 통일을 벗어던질 수는 없는 걸까.

1. 획일

해바라기와 채송화 키는 같아야 한다. 기린과 고슴도치 키도 같아야 한다. 지리산과 북한산 키도 같아야 한다. 63빌딩과 서울시청 키도 같아야 한다. 김철수와 박영희 키도 같아야 한다. 그래야 세상이 안 정된다. 그래야 모두가 편안하다. 작은 놈을 한 번에 키우기는 어려 우니 가위 들고 큰 놈을 자른다. 키 큰 놈의 매력, 능력, 정력, 체력, 박력, 담력 모두 싹둑 자르고, 그놈 머릿속에 들어 있는 상상력, 창의 력, 순발력, 통찰력, 잠재력, 추진력까지 다 싹둑싹둑 잘라 키를 맞춘 다. 결국 모두 다 작아지고 모두 다 초라해지는 가지런함.

2. 안일

출렁이지 않는 바다. 흐르지 않는 구름. 달리지 않는 바람. 내리지 않 는 비. 빛나지 않는 별. 번지지 않는 노을. 감추지 않는 안개. 동트지 않는 아침. 타오르지 않는 불. 미치지 않는 햇빛. 구르지 않는 돌. 가 르쳐 주지 않는 길. 열리지 않는 문. 울지 않는 새. 짖지 않는 개. 물 을 뿜지 않는 고래. 피지 않는 꽃. 뻗지 않는 가지. 듣지 않는 귀. 보 지 않는 눈. 말하지 않는 입. 즉 통일, 획일, 단일, 균일의 결과가 바 로 안일.

3. 내일

통일, 획일, 단일, 균일만이 살길이라 외치는 자들이 세상을, 사회를, 회사를, 가정을 점령하면 가장 큰 피해를 입게 될 단어가 바로 내일 이다. '은'이라는 반짝반짝 빛나는 조사를 다시는 만날 수 없기 때문 이다. 내일에게 허락되는 유일한 조사는 '도'. '내일은'은 없고 '내일 도'만 있는 세상. 희망이라는 말도 사라진다.

[나이] ◀))

한 사람이 살아온 길이. 살아온 깊이와는 무관. 실력의 깊이와는 더욱 무관. 지혜의 깊이와는 더더욱 무관. 통찰의 깊이와는 더더더욱 무관. 사람의 깊이와는 더더더더욱 무관. 주름살의 깊이와는 유관.

관련 표현

1. 너 몇 살이야?

스무 살이라 대답하면 당신이 요즘 스무 살의 생각을 아시나? 서른 살이라 대답하면 그들의 고민을 아시나? 마흔 살이라 대답하면 또 그들의 불안을 아시나? 그게 아니라면 왜 물어보시나? 사주라도 봐 줄 요량이었다면 생년월일에 생시까지 물었어야지. 개인 정보 캐내 팔아 잡술 요량이었다면 더 공손하게 허리 굽히며 물었어야지.

나이 확인해서 어디에 쓰시게? 반말하시게? 명령하시게? 나이를 무기로 찍어 누르시게? 그래서 어린놈에게 이기면 춤이라도 추시게? 만약 이 한마디가 없었다면 세상이 달라졌을지도 몰라. 노소가 마주 앉아 대화라는 그 귀한 것을 했을지도 몰라.

2. 요즘 젊은 것들은

요즘 젊은 것들은 불평불만이 너무 많아. 젊을 때 고생은 사서도 한다잖아. 아프니까 청춘이라잖아. 툭하면 힘들다고 그만두고 툭하면 시끄럽다고 그만두고 툭하면 시급 적다고 그만두고. 인내라곤 눈을 씻어도 찾을 수 없어. 우리 때랑 비교하면 지금은 호강이야 호강. 호강에 아주 초를 쳐.

20년 전 당신이 젊은 것들이었을 때, 꼰대에게 들으며 인상 찌푸렸던 말과 토씨 하나 다르지 않은 말을 지금 당신이 하고 있다는 사실을 아시는지.

3. 몇 학번이세요?

나는 대학 나왔어. 너도 당연히 대학 다녔겠지. 설마 중졸이나 고졸은 아니겠지. 만약 네가 중졸이나 고졸이라면 우리가 무슨 이야기를 나눌 수 있겠니. 체급이 맞아야 무슨 말을 섞어도 섞지. 이 질문에 우물쭈물 대답을 못한다면 우리는 인연이 아닌 거야. 자, 악수나 한번 하고 헤어져.

처음 만나는 사람에게 대뜸 들이대는 이 질문은 칼이다. 상대의 아픈 곳을 찌르려는 의도가 없었다 해도 용서하기 어려운 칼이다. 찔리는 사람은 찌르는 사람의 의도와 관계없이 피를 흘린다. 상대를 배려하는 마음이 조금이라도 있다면 이런 칼을 휘둘러서는 안 된다. 칼집에 영원히 감금해야 한다.

관련 용어

먹다

나이는 먹는 것이지. 밥처럼 먹는 것이지. 밥을 먹으면 어떻게 되지? 몸속에서 소화되어 피가 되고 살이 되고 뼈가 되지. 피가 되고 살이 되고 뼈가 되지 못한 것들만 똥이 되어 몸 밖으로 나오지.
나이도 그렇지. 먹은 나이를 잘 소화시켜야 피가 되고 살이 되고 뼈가 되는 거지. 아니면 똥이 되는 거지. 먹은 나이를 소화시키지 않고 자꾸 입 밖으로 내보내는 사람은 한 해에 하나씩 똥을 먹는 거나 다름없지.

파생어

나이테

나무끼리는 나이를 묻지 않지. 묻지 않으니 대답할 이유도 없지. 그래서 몸속 깊숙이 나이를 감추지. 우리는 그것을 나이테라 부르지.

하지만 우리는 알지. 나무 가슴을 잘라 나이를 확인하지 않아도 우리는 알지. 연륜이 오랜 나무는 뿌리가 깊고 가지가 굵고 잎이 성하지. 큰 그늘 만들어 토끼와 사슴을 쉬게 해 주지. 나이 어린 나무들에게, **내가 묘목이었을 때는 말이야,** 이런 말은 하지 않지. 자신의 인생을 뿌리로 가지로 잎으로 묵묵히 보여 주는 것이 전부지. 나이 어린 나무들은 누가 시키지 않아도 이런 다짐을 하지.

나도 얼른 커서 저 어르신처럼 돼야지.

[버르장머리] 🔊

버릇을 얕잡아 이르는 말. 그런데 왜 버르장다리나 버르장꼬리가 아니고 버르장머리일까. 다리나 꼬리는 쉽게 그 형태를 바꿀 수 없지만 머릿속에 든 생각은 쉽게 바꿀 수 있다는 무례한 자신감이 단어 속으로 기어들어 갔기 때문. 그러나 남의 생각을, 남의 버릇을 내 취향에 맞게 바꾸겠다는 생각만큼 버르장머리 없는 태도도 없다.

관련 표현

버르장머리 없는 놈

시킨 것보다 더 효율적인 방법으로 일하고 제 시간에 퇴근하는 놈. 내 생각을 말하라고 하면 내 생각을 말하는 놈. 일요일을 일요일로 이해하는 놈. 회식 자리에서 고기 굽지 않고 처먹기만 하는 놈. 술잔 비었는데 술 따르지 않는 놈. 술자리 회식 대신 공연 관람하자는 말도 안 되는 아이디어를 내놓는 놈. 좋아요 하면서 그 의견에 찬성하는 놈. 상사는 어제 한 말과 오늘 하는 말이 다를 수도 있다는 것을 이해하지 못하는 놈. 상사는 기아 타이거즈를 좋아하는데 감히 엘지 트윈스를 좋아하는 놈. 노래방에서 상사 노래 먼저 가로채는 놈. 휴가 다 쓰는 놈. 반차 내는 놈. 지가 무슨 모델이라고 매일 옷 바꿔 입고 출근하는 놈. 구두를 무려 일곱 켤레나 갖고 있는 놈. 그러면서 상사가 새 옷 입고 출근하는 날 아무 반응이 없는 놈. 자기들끼리 점심 먹고 아메리카노 빨면서 들어오는 놈. 눈치를 주면 종이컵에 커피믹스 풀어 주는 놈. 지금 당신이 보고 있는 이 책을 상사 책상 위에 슬며시 놓아두는 놈.

싸가지

버르장머리와 거의 같은 뜻으로 사용하는 말. 흔히 '네가지'라고도 한다. 사회생활 하면서 꼭 가져야 할, 즉 싸가지 없는 놈이 되지 않기 위해 가져야 할 네 가지는 다음 4무(無).

1. 무방비
상사 앞에서는 무장해제. 완벽한 항복. 처절한 항복. 바닥에 나를 완전히 밀착시켜 엎드리는 항복. 반항은 물론 반응도 안 된다.

2. 무조건
상사가 시키는 건 토 달지 말고 의심하지 말고 무조건. 태평양 건너고 대서양 건너서라도 무조건. 입사 순간부터 퇴사 순간까지.

3. 무의식
출근할 때 의식은 집에 감금. 의식의 동료인 창의나 비판 같은 놈도 함께 감금. 아무 생각 없이 왔다 갔다. 의식적으로라도 무의식.

4. 무자비
무방비, 무조건, 무의식으로 사는 게 힘들겠지. 그래서 스트레스 풀라고 무자비. 내가 갑 위치일 때는 무자비. 을만 보이면 무자비.

이 네 가지만 꽉 붙들면 싸가지 있는 놈이라는 소리를 듣는다. 물론 칭찬이니 기쁠 것이다. 그런데 혼자 있을 땐 조용히 눈물을 내릴 것이다. 기쁜데, 너무너무 기쁜데 또 한없이 슬플 테니.

파생어

우두머리
잔머리
골머리

주변머리
채신머리
소갈머리
인정머리
흰머리
노랑머리
단발머리
대머리

버르장머리를 끝까지 잘 지키면 '버르장'이 '우두'로 진급하여 우두머리가 된다. 물론 우두머리가 되려면 버르장머리 하나로는 어림없다. 잔머리가 힘껏 도와줘야 하고 골머리도 숱하게 썩여야 한다. 주변머리 역할도 중요하다. 채신머리나 소갈머리 따위를 신경 써서는 안 되며 인정머리에 마음을 빼앗겨서도 안 된다. 그래야 남들 다 제치고 우뚝 우두머리가 될 수 있다. 슬픈 건 우두머리가 되는 순간 당신은 이미 흰머리 노인이라는 것. 퇴장해야 한다는 것. 뒤늦게 노랑머리도 해 볼걸, 단발머리도 대머리도 해 볼걸 후회한다는 것. 소용없다는 것.

[과장] ◀))

실제보다 크고 높게 보이려는 과시욕이 불러내는 인생의 화근. 문학에서 과장법은 전하려는 메시지를 강조하는 데 도움이 되지만, 인생에서 과장법은 메시지는 물론 메신저의 신뢰에도 큰 타격을 준다. 나는 약간 과장이지만, 나는 약간 허풍이지만 상대는 그것을 거짓말로 받아들인다.

관련 표현

내가 잘 아는 분 중에

그거 아세요? 지난 몇 년 김철수 당신이 제게 가장 자주 한 말이 '내가 잘 아는 분 중에'였다는 거. 지금까지 제가 들은 말을 다 떠올려 계산해 봤는데요, 당신은 정말 어마어마한 사람이더군요.

당신과 자주 통화하는 정치인이 마흔다섯. 당신과 자주 술 마시는 영화감독이 열셋. 당신에게 공연 티켓 갖다 바치는 연예인 매니저가 스물하나. 실제로 만나 농담 따 먹기 하는 걸 그룹 멤버가 예순일곱. 당신과 형님 동생 하다 지금은 감방 안에 있는 조폭 두목이 열셋. 감방 밖에는 열넷. 프로야구 프로축구 프로골프 선수 다 합쳐 백여든다섯. 박사님이라 불리는 대학교수는 삼백일흔. 대표님이라 불리는 기업 CEO는 무려 사백일흔. 심지어 외국 나가면 연락한다는 그 나라 정상만 다섯.

아, 저는 제가 아는 분 중에 당신이 있다는 게 너무너무 영광이었답니다. 그런데 몇 년 전 소녀시대 멤버 누구라도 좋으니 사인 하나 받아 달라는 제 부탁은 왜 들어주시지 않나요? 그 정도는 껌 아닌가요? 혹시 당신의 그 '내가 잘 아는 분' 속에 제가 포함되지 않아서인가요? 그 속에 제가 포함되려는 건 너무 큰 욕심인가요? 그렇다면 그냥 '내가 조금 아는 사람' 정도에 저를 포함시켜 주실 수는 없나요? 어렵다면 관두지요. 사인도 포기하지요.

그런데 이 말씀은 꼭 드려야 할 것 같아 정말 어렵게 한마디만 합니다. 사실 당신은 '내가 잘 아는 분 중에'라고 말하지 않아요. 한 번도 그렇게 말한 적 없어요. 그건 제가 뜯어고친 말이지요. 당신은 늘 '내가 잘 아시는 분 중에'라고 말했어요. 제발 그 표현만은 쓰지 말아 주세요. 스스로를 높이는 그런 말은 당신의 그 어마어마함을 수직으로 깎아내리니까요. 듣는 제가 얼굴 화끈거리니까요.

이제 다시 뵙지 못하더라도 저는 한때 당신을 알고 지냈다는 것을 평생의 영광으로 안고 살아갈 겁니다. 그럼, 아시는 분 더 많이 쌓기를 빌며.

> 파생어

1. 과장님

인생의 화근인 과장에게 '님'이라는 존칭을 붙이는 무리도 있다. 이들 이름은 사원 또는 대리. 물론 '님'을 붙인다고 이들이 과장을 존경한다는 뜻은 아니다. 과장 씨라 부르는 게 어색해 그냥 과장님이라 부르는 것이다.

하지만 과장님은 이제 자신이 존경받아야 할 위치에 올랐다고 스스로 믿는다. 제대로 존경받고 싶어 욕심을 부린다. 자신을 부풀린다. 마침 직급도 과장이고 하니 거리낌 없이 과장을 한다. 그동안 중요한 회사 일은 혼자 다 했다고. 수없이 스카우트 제의를 받고 있지만 회사가 애걸복걸 붙잡아 눌러앉아 있다고. 자꾸 이렇게 부풀려 말하다 어느 순간부터는 자신도 자기 말을 믿어 버린다. 과장님은 착각님을 낳는다. 비극님이다.

2. 과자

마음 깨끗한 아이들은 과자를 먹을 때 이렇게 말한다. **맛있다!** 맛있으니까 그냥 맛있다고 말한다. **내가 청와대 갔을 때 먹었던 것만큼 맛이 좋은데!** 이렇게 말하지 않는다.

[반말] ◄))

말을 절반만 하는 것. 예를 들면 **미안하지만 오늘 중으로 꼭 처리해 주십시오**라는 말. 총 열여덟 글자를 사용해야 하는 이 말을 앞뒤 다 자르고 **오늘 중으로 꼭 처리해**라고 딱 아홉 글자만 사용하여 말하는 것. 입을 덜 피곤하게 하는 효과가 있을지는 모르지만 듣는 귀는 허벌나게 피곤하다.

관련 표현

선배가 우습냐?

논리적으로 부하 직원을 당할 수 없을 때 선배가 꺼내 드는 비장의 무기. 최후의 카드. 선배는 자신이 결코 우습지 않은 사람이라는 확신을 갖고 이 말을 꺼내지만 이런 선배는 대체로 우습다. 선배라는 이유 하나로 후배를 제압하려 들다니 얼마나 우스운가. 내 경쟁력은 오로지 짬밥 하나뿐이라고 스스로 자수하는 꼴이니 얼마나 우스운가. **선배가 우습냐?**라는 시비조 반말이 어디선가 들리면 그냥 그 선배를 우스운 사람으로 기억하면 틀림없다.

사용 장소

1. 음식점에서

당신은 음식 주문받는 그 사람을 모른다. 처음 보는 얼굴이다. 그에게 당신은 이렇게 말한다. **이 집 뭐가 맛있어? 왜 이렇게 빨리 안 나와? 찌개가 너무 짜잖아!** 그에게 반말한다고 옆자리 사람들이 당신을 우러러보는 건 아닌데. 주방에서 당신 찌개에 퉤! 침을 뱉을지도 모르는데.

2. 편의점에서

당신은 계산대에 선 그 청년을 조금 안다. 그 집 단골이니 얼굴 정도는 안다. 그 친구도 당신이 들어오면 가볍게 목례하는 정도. 그에게 당신은 이렇게 말한다. **카드 되지? 이거 유효기간 지났잖아! 야인마, 나 먼저 계산해 줘야지!** 그에게 반말한다고 그의 목례 각도가 더 깊어지는 건 아닌데. 그 친구가 당신이 늘 90도 각도로 인사하는 당신 회사 사장님 아들일 수도 있는데.

3. 사무실에서

당신은 부하 직원인 그를 안다. 당신보다 나이도 어리고 직급도 아래다. 그에게 당신은 이렇게 말한다. **출근 시간 안 지킬래? 한심한 놈! 넌 정신 상태가 글러 먹었어!** 그에게 반말한다고 글러 먹은 정신이 금세 총명해지는 건 아닌데. 사규 아무리 들여다봐도 부하 직원에게 말 함부로 하라는 규정은 없는데.

4. 거래처에서

당신은 거래처 그 사람 얼굴을 안다. 하지만 이름은 모른다. 알 필요도 없다. 갑이 을 이름까지 기억할 이유는 없다. 그 사람 이름은 그냥 을이다. 그에게 당신은 이렇게 말한다. **계속 이 상태라면 곤란한데. 우리가 당신들 입장을 왜 고려해야 하지? 배가 불렀군.** 그에게 반말한다고 당신 회사 매출이 올라가는 건 아닌데. 언젠가는 당신도 을이 될 수 있는데. 아니 병이 될 수도 있는데.

[단정] ◀))

너희가 모르는 세상 진리를 나는 다 안다는 근거 없는 확
신과 어처구니없는 자신감으로 무장한 강도가 선량한 시
민 목에 자신의 가치관을 칼처럼 들이대고 복종을 강요하
는 위험한 행위.

관련 표현

1. 누가 그랬어?

다섯 음절을 사용한 아주 짧은 말이지만 이 한마디엔 꽤 긴 이야기가
담겨 있다. 풀어 놓으면 이런 얘기다.

누가 그렇게 하라 했어? 나는 그런 말 한 적 없잖아. 제발 시키지 않은
짓 좀 하지 마. 내가 입 닳도록 말했지. 혁신이니 발상 전환이니 하면
서 어설픈 시도 하려는 놈들이 바로 우리 조직의 똥덩어리라고. 암덩
어리라고. 정답 알려 주면 그냥 받아먹어. 개새끼들처럼 꼬리 살랑 흔
들며 받아먹어. 너희는 생각이라는 것을 하지 마. 생각은 내가 해. 내가
던져 준 건 수십 년 동안 수천 명이 생각하고 경험하고 검증해서 내린
결론이야. 반론 안 돼. 토론 없어. 여론 신경 쓰지 마. 너희는 그냥 '물
론'이라는 합창만 하면 돼. 다시 묻는다. 누가 그랬어? 누가 감히 그렇
게 하라고 했어? 뭐? 전무님? 정말 전무님이 그러셨다고? 그렇게 해.

2. 어디서 배웠어?

배운 곳이 학교인지 학원인지 과외인지 그게 궁금해서 던지는 말은
아니다. **이런 못 배워 처먹은 놈!** 이라고 말하고 싶은 걸 꾹 누르고
하는 표현이다. 내가 아는 것은 다 옳고 네가 아는 것은 다 그르다는
지독한 단정이다.

하지만 이런 말을 하는 꼰대일수록 강자에겐 약하다. 어디서 배웠냐고 물었는데, **하버드 대학교 물리학과에서 배웠는데요,**라는 대답이 돌아오면, **그런가? 다시 생각해 보니 그럴 수도 있겠네!** 하며 서둘러 꼬리를 내린다. **청와대 홍보수석실에서 배웠는데요,**라는 대답이 들리면 살짝 머리 긁적이다 크게 고개를 끄덕인다. 그들의 단정은 그들보다 힘 있는 단정을 만나면 맥을 못 춘다. 그땐 어디서 배웠는지 전혀 궁금하지 않은 얼굴로 표정이 바뀌고 자세도 새색시처럼 단정해진다.

3. 그 태도 뭐야?

자신의 단정이 암초를 만나 좌초했을 때 던지는 말. 그때부턴 누가 옳고 그르고는 문제가 안 된다. 아니 문제가 되면 안 된다. 그래서 논점을 바꾼다. 자신의 단정을 감히 쓰러뜨린 그 버릇없는 놈의 태도를 문제로 올린다. 이른바 괘씸죄다.

스스로 판검사가 되어 괘씸죄를 고발하고 기소하고 단죄하려 한다. 말하는 태도, 얼굴 표정, 목소리 크기 같은 것들이 모두 죄가 된다. 그것들을 하나하나 심판대 위에 올려놓는다. 어린놈이 예의가 없다는 둥, 인륜이 땅에 떨어졌다는 둥, 세상이 말세라는 둥 논쟁의 핵심에서 한참 벗어난 무기로 상대의 굴복을 받아 내려 한다. 물론 말도 안 되는 트집이지만 꼰대의 법정에선 이게 통한다. 상대는 입 꾹 닫고 절절한 반성문을 써 올려야 한다. 그래야 그 지독한 법정에서 겨우 풀려날 수 있다. 그렇다고 무죄는 아니고 기소유예.

반대말

아니오

정답을 의심할 때 던지는 말. 단정에 저항할 때 던지는 말. 이 말은 책 앞부분에서 충분히 설명했으니 더 길게 말하지 않아도 될 거라 믿는다. 뭐? 그것도 섣부른 단정이라고? 더 충분히 이야기하면 안 된다는 근거는 어디 있냐고? 그래, 그렇군. 그런 근거 없지. 이 책을 빨아들이는 그대의 흡수력에 경의를 표한다. 그렇지만 경의는 경의이고 나는 리바이벌은 안 한다.

[권위] ◀))

독립적으로 사용하면 박수 받아 마땅한 단어. 꼬리에 다른 말이 붙으면 질타받아 마땅한 단어. 권위와 권위적은 전혀 다른 말이다. 권위와 권위주의도 전혀 다른 말이다. 권위 뒤에 자꾸 붙으려 하는 **적**은 적으로 간주하고 **주의**는 각별히 주의할 것.

관련 표현

너무 권위적인

너무 권위적인 남자. 너무 권위적인 선배. 너무 권위적인 제도. 너무 권위적인 문화. 너무 권위적인 회의. 우리 모두가 징그럽게 싫어하는 말이다. 하지만 우리는 눈만 뜨면 이 징그럽게 싫어하는 말을 징그럽게 들어야 한다.

뭐가 문제일까. '권위적'이 문제일까, '너무'가 문제일까. 둘 다 아니다. '우리'가 문제다. 징그럽게 싫어하는 말이 활발하게 돌아다니는데, 세상은 원래 그런 거라며 이를 인정하고 수용하는 우리가 문제다. 너무 타협적인, 너무 수세적인, 너무 순종적인, 너무 체념적인, 너무 방관적인 우리가 문제다.

권위적인 모든 것은 남을 복종시키는 힘을 갖는다. 그 힘에 맛 들이면 쉽게 중독된다. 중독된 사람은 자신을 돌아보지 않는다. 누군가 충격을 주지 않으면 평생 그런 인생을 살게 된다. **김철수 선생님은 너무 권위적입니다. 고치셔야 합니다.** 이 한마디가 그를 깨우는 망치일 수 있다. 꼰대를 꼰대에서 건져 주는 이 말은 꼰대끼리는 주고받을 수 없다. 누가 해야 할까.

1. 권력

대한민국헌법은, 모든 권력은 국민으로부터 나온다고 했다. 그런데 정치인이라는 사람들은 수단과 방법을 다 동원하여 권력을 내 것으로 만들고, 그 권력을 놓지 않기 위해 또다시 모든 수단과 방법을 다 동원한다. 그런데 우리는 내 소유였던 권력이 정치인 호주머니 속으로 들어가는 것을 보면서도 그 어떤 수단도 방법도 동원하려 하지 않는다. 그냥 눈 멀뚱 뜨고 지켜본다.

이것이 권력을 갖는 자와 권력에 복종하는 우리의 차이다. 자세의 차이. 태도의 차이. 절실함의 차이. 사회 권력, 문화 권력, 회사 권력, 가정 권력도 다르지 않다. 권위를 무기로 권력을 훔쳐 간 그들보다 도둑맞고도 싱글벙글 사는 '우리'가 여전히 문제다.

2. 권리

여전히 문제인 '우리'는 최소한의 권리라도 찾아 먹어야 한다. 자유권, 참정권, 수익권 같은 책에 나오는 권리 말고 조금 다른 권리.

너무 권위적인 사람에게 스트레스 받지 않을 권리. 너무 권위적인 제도에 희생당하지 않을 권리. 너무 권위적인 문화에 절망하지 않을 권리. 너무 권위적인 회의에 시간 빼앗기지 않을 권리. 이런 권리를 찾아 먹는 방법은 무엇일까. 답은 다음 파생어에게 넘긴다.

3. 권투

방법은 권투다. 우리는 양손에 논리와 공감, 이 두 개의 글러브를 끼고 링 위에 올라야 한다. 논리 없는 공감은 흐물흐물해 펀치 강도가 약하고, 공감 없는 논리는 몸이 경직되어 펀치 속도가 느리다.

물론 상대는 권위적인 모든 것들이다. 사람일 수도 있고 제도일 수도 있고 문화일 수도 있는 그들에게 우리는 잽과 훅과 어퍼컷을 날려야 한다. 그들의 강력한 펀치에 맞아 링 위에 드러눕더라도 이 싸움을 쉽게 포기해서는 안 된다. 이미 공은 울렸다. 링아나운서도 우리 이름을 소개했다. 자, 마우스피스 입에 꽉 물고 링 위로 뛰어올라라.

신

신에게 묻습니다. 당신이 인간을 만드셨습니까? 인간을 만들고 흡족
해하셨습니까? 당신이 만든 작품 중 인간이 최고의 걸작이라 믿고 계
십니까? 그렇다면 몇 가지 묻겠습니다. 당신이 인간을 만들던 그때를
떠올리며 대답해 주십시오.

누구에게 묻고 인간의 형태, 인간의 생각을 디자인하셨습니까? 혼자
하셨습니까? 당신 마음대로 하셨습니까? 머리 하나, 입 하나, 눈 둘.
붕어빵 디자인이 지루하지는 않았습니까? 신에겐 복종, 나라엔 충성,
부모에겐 효도. 복사기로 찍어 낸 생각이 지겹지는 않았습니까? 그것
이 질서라 생각하셨습니까? 불량품이 나오면 어떻게 하셨습니까? 버
렸습니까? 당신이 정한 규격과 정확히 일치하는 정품만 인간으로 인
정하셨습니까? 처음엔 정품이었는데 점차 자신만의 색깔, 자신만의
개성을 찾아 움직이는 인간을 보면 어떻게 하셨습니까? 당장 원래 모
습으로 돌아가라 호통치셨습니까? 그것이 폭력이라는 생각은 안 하
셨습니까? 인간 수명이 다 다른 건 어떻게 참으셨습니까? 지금 리콜
을 고려 중이시라고요? 그렇군요. 그랬군요. 그렇다면 당신이 만든 인
간이 권위적인 꼰대로 진화하는 모습도 지켜보셨겠네요. 어떠셨습니
까? 아무 느낌 없으셨습니까? 인간 꼰대가 누구를 닮았는지 정녕 모
르시겠습니까?

지금은 무엇을 만들고 계십니까? 인간을 뛰어넘는 작품을 구상 중이
십니까? 혹시 은퇴하실 생각은 없으십니까?

[흑백] 🔊

총천연색 영화가 나오기 전 생각. 그러니까 20세기도 아니고 19세기 생각. 세상은 흑과 백 딱 두 가지 색깔뿐이라는 생각. 흥선대원군이 홍대 클럽 구석에 앉아, **사람인 듯 사람 아닌 사람 같은 저것들은 뭐지? 상투 틀지 않았으니 사람 아니야!** 이렇게 혼자 결론 내리는 먼지 풀풀 쌓인 생각.

파생어

1. 흑백논리

A B C D E F G……

A 오른쪽엔 B가 있다. 왼쪽엔 아무도 없다. 그래서 A는 세상 글자가 A와 B 둘뿐이라 믿는다. 하지만 B는 왼쪽에 A 오른쪽에 C를 두고 있다. 세상엔 자신 말고도 다른 글자가 얼마든지 더 있을 거라 생각한다.

문제는 A다. A와 B밖에 모르는 A. A가 아니면 B라고 확신하는 A. C일 수도 있다는 생각은 하지 않거나 하지 못하는 A. 우리는 A가 지닌 이 위험한 생각을 흑백논리라 부른다. 흑백논리의 가장 큰 위험은 지나치게 용감하다는 것.

좋아하는 사람은 아니다 → 싫어한다
성공하지 못했다 → 실패했다
미국이 싫다 → 북한을 지지한다
괜찮은 어른이 되지 못했다 → 꼰대

2. 흑백사진

신식 안경에 중절모 쓴 남자와 양장에 양산 든 여자가 약간 간격을 두고 나란히 선 흑백사진. 둘 다 무표정. 사진에 귀를 가까이 대면 두 사람의 대화가 들린다.

부부처럼 보일까요? 그렇겠지. 부부니까. 긴장하지 말고 자연스럽게 웃어. 웃어지지 않아요. 사진사가 보고 있으니 웃는 게 힘들어요. 실은 나도 그래. 안면 근육이 고장 난 것 같아. 사진사 표정 봤어요? 우리 관계를 의심하는 것 같아요. 나도 저놈 저 족제비 같은 눈이 마음에 안 들어. 그냥 읍내 사진관에서 찍을걸 그랬어. 그러게 말이에요. 은혼식이 뭐라고. 우리 팔짱이라도 껴요. 그러면 조금이라도 다정해 보이지 않겠어요? 무슨 소리야. 진짜 부부는 팔짱 안 껴! 팔짱은 불륜이야. 그냥 찍어.

지금도 어느 시골집 툇마루 벽에 붙은 낡은 흑백사진. 팔짱은 불륜. 아니면 부부. 이런 흑백 생각이 낳은 어정쩡한 사진. 두 사람을 세상에서 가장 먼 부부로 만들어 버린 못난 사진.

관련 표현

이겼어? 졌어?

참으로 안타까운 질문이다. 비겼을 수도 있다는 가능성을 처음부터 차단한 흑백 질문이기 때문이다. 비기는 경우는 흔치 않으니 그런 가능성까지 다 고려해서 물을 필요는 없는 게 아니냐고? 과연 그럴까? 우리 인생이 늘 그렇게 승리 아니면 패배일까?

우리의 하루하루는 대부분 무승부다. 퇴근 시간 차를 몰고 집에 돌아온다. 오는 동안 아무 일도 일어나지 않았다. 승리한 퇴근인가. 패배한 퇴근인가. 우연히 팔등신 미녀를 옆에 태울 일 거의 없다. 큰 교통사고를 당할 가능성도 크지 않다. 거의 모든 퇴근은 그냥 승패 없는 무승부 퇴근이다. 우리는 늘 무승부 회의를 하고 무승부 사랑을 한다. 무승부 점심을 먹고 무승부 커피를 마시고 무승부 휴일을 보낸다. **승리면 환호. 패배면 절망.** 우리 인생의 99퍼센트는 이런 공식으로 설명할 수 없는 일들의 연속이다. 무승부에 기뻐할 줄 안다면, 패배하지 않았음에 감사할 줄 안다면 인생이 조금 더 넉넉해지지 않을까.

어땠어? 좋았어?

이렇게 질문하는 게 좋다. 이렇게 모든 가능성을 다 열어 두고 묻는 게 좋다. 그래야 대답하는 사람에게 결과가 아니라 과정을 말할 수 있는 기회를 준다. 결과에 자신의 생각을 덧붙일 공간도 준다. **그냥 그랬어!**라는 무승부 대답도 할 수 있게 해 준다.

[우리] ◀))

참 어려운 말. 사람을 껴안을 땐 차이를 극복해 내는 더없이 따뜻한 말. **너희**의 상대어로 쓰일 땐 작은 차이도 용납하지 않겠다는 더없이 차가운 말. 따뜻함과 차가움 사이를 왔다 갔다 하다 자칫 감기 걸리기 딱 좋은 어렵고도 어려운 말.

관련 표현

우리끼리만

'우리'도 참 어려운 말인데 거기에 '끼리'라는 벽을 세워 접근하기 어렵게 만들고 또 거기에 '만'이라는 배타적 조사까지 붙여 한 번 더 진입을 차단한다. 이를 뚫고 들어가려는 마음만 먹어도 삐뽀삐뽀 사설 경비 업체가 달려올 기세다.

물론 이런 표현은 꼰대계에서만 사용하는 말은 아니다. 하지만 꼰대계는 청년계에 비해 상대적으로 가진 게 많다. 그것을 조금도 나누지 않겠다는 각오로 이 말을 사용한다면 그건 많이 아쉽다. '우리끼리만'은 '너희끼리만'을 낳고 '너희끼리만'은 또 다른 '우리끼리만'을 낳는다. 이는 아브라함이 이삭을 낳고 이삭이 야곱을 낳는 성경 구절처럼 끝도 없는 '낳고'를 낳는다.

'끼리'도 떼고 '만'도 떼고 조금 비좁더라도 '우리'라는 두 글자 속에 모두 함께 들어가는 세상. 그게 진정 사람 사는 세상일 텐데, 그게 왜 그렇게 어려운지. 쩝.

우리다

어떤 물건을 물에 담가 맛이나 빛깔이 우러나게 한다는 뜻. 우리가 하나 되는 방법은 우리는 것이다. 서로에게 녹아드는 것이다. 우리가 아니었던 사람이 우리가 되는 것이 처음엔 어색하고 생경하겠지만 시간이 가면, 너무 서두르지 않고 기다려 주면 조금씩 우리가 된다. 오래 우릴수록 진한 우리가 된다. 차이를 인정하지 않으면 그 차이가 자꾸 눈에 거슬리지만, 차이를 인정하면 그 차이는 어렵지 않게 하나로 녹아든다.

〈우리는〉

우리는 빛이 없는 어둠 속에서도 찾을 수 있는. 우리는 아주 작은 몸짓 하나로도 느낄 수 있는. 우리는. 우리는 소리 없는 침묵으로도 말할 수 있는. 우리는 마주치는 눈빛 하나로 모두 알 수 있는. 우리는. 우리는 연인.

송창식 오빠의 〈우리는〉이라는 노래 가사다. '우리'가 얼마나 초인적인 힘을 발휘하는지 잘 보여 준다. 빛이 없는 어둠 속에서도 볼 수 있고 입을 열지 않고도 말할 수 있는 초능력. 눈빛만 보고도 마음을 읽어 내는 독심술. '우리'의 힘은 가히 무한하다는 것을 확인할 수 있다. 물론 여기에서의 '우리'는 '너희'의 상대어가 아니라 모두를 껴안는 '우리'다. 송창식이 윤형주, 김세환하고만 노래하는 것이 아니라 나훈아, 이미자하고도 노래하고 아이유, 윤미래하고도 함께 노래하는 그런 넓은 '우리'다.

[성공] ◄»

남을 비난하는 이유. 남을 모함하는 이유. 남을 멸시하는
이유. 남을 속이는 이유. 남을 짓밟는 이유. 비난하고 모
함하고 멸시하고 속이고 짓밟는 일에 인생을 낭비하는 이
유. 가장 안타까운 것은 이것이 가족에게 소홀해도 되는
이유라는 것.

관련 표현

실패는 성공의 어머니

한때는 우리 모두가 이 말에 수긍했다. 정말 멋진 명언이라며 고개를
끄덕였다. 그땐 모두가 성공을 향해 길게 줄을 섰으니까. 모두의 인생
목표가 성공이었으니까. 그런데 이젠 성공보다 소중한 가치가 있다는
것을 우리 모두가 알아 버렸다. 따라서 이 멋진 명언도 수명을 다한
것이다. 이젠 이렇게 말해야 한다.

실패는 성장의 어머니.

관련 용어

1. 성장

우리는 술잔 바닥이 보이면 빛의 속도로 다시 잔을 채운다. 그것이 술
자리 매너임을 핑계로 빈 잔을 그냥 두지 않는다. 잠시도 바닥을 허락
하지 않는다. 문제는 바닥을 허락하지 않는 술에 취해 내 상태가 조금
씩 바닥을 향하고 있다는 사실을 느끼지 못한다는 것. 그래서 한꺼번
에 무너진다는 것.

우리는 성공이 조금만 흔들리면 호들갑 떨며 성공을 붙잡는다. 성공을 붙잡느라 성장에 눈을 주지 않는다. 성장 없는 성공이 얼마나 공허하고 위태로운지 알면서도 모르는 척한다. 문제는 성공에 취해, 승리에 취해 내 인생이 조금씩 바닥을 향하고 있다는 사실을 느끼지 못한다는 것. 그래서 한꺼번에 절망한다는 것.

2. 실패

몇 년 전 《인생의 목적어》라는 책을 썼다. 약 3천 명에게 인생에서 가장 소중한 단어가 무엇인지 물었고 많이 대답한 순으로 50개 단어를 추렸다. 이 50개 단어를 재료로 쓴 책이 그것이다. 1위는 가족. 2위는 사랑. 3위는 나. 그리고 엄마, 꿈, 행복, 친구, 사람, 믿음 같은 단어가 뒤를 이었다. 재미있는 건 돈이 16위, 돈보다 조금 아래에 아버지가 있다는 것.

더 흥미로운 결과는
실패가 26위에 올랐다는 것이다.

피하고 싶은 단어가 틀림없을 텐데 순위에 든 이유는 뭘까. 실패에서 분명 얻는 게 있다는 것을 많은 사람들이 동의했다는 뜻이겠지. 그런데 성공이라는 단어는 아쉽게도 50위 안에 들지 못했다. 성공 따위가 더 이상 인생의 목적이 될 수 없다는 뜻이겠지. 아직도 성공만을 위해 질주하는 인생이 있다면 그가 바로 꼰대라는 뜻이겠지.

관련 서적

《성공하는 사람들의 7가지 습관》

1. 성공보다 성장에 시간을 더 준다.
2. 성공보다 성찰에 시간을 더 준다.
3. 성공보다 성숙에 시간을 더 준다.
4. 성공보다 성의에 시간을 더 준다.
5. 성공보다 성실에 시간을 더 준다.
6. 성공보다 성품에 시간을 더 준다.
7. 성공보다 성취에 시간을 더 준다.

[갑질] ◀))

화를 돋우는 부채질. 복종을 강요하는 주먹질. 굴욕을 강제하는 발길질. 아픈 곳을 콕콕 쑤시는 바느질. 약점을 부풀리는 고자질. 허점을 퍼뜨리는 이간질. 결국 남의 인격을 훔치는 도둑질. 결국 자신의 인격마저 곤두박질. 그러니까 한마디로 우라질.

파생어

1. 각질

동물의 몸을 보호하는 손톱, 발톱, 털, 뿔, 비늘 같은 것들이 모두 각질이야. 갑에게 갑질이 있다면 우리에겐 각질이 있어. 갑질은 각질로 맞서면 돼. 손톱 끝을 날카롭게 세워 갑의 얼굴을 할퀴는 거야. 물론 갑도 가만있지 않겠지. 강철로 만든 손톱깎이를 들이대며 손가락을 자르겠다고 위협하겠지. 겁낼 필요 없어. 다 예상 문제에 나와 있는 반응이니까. 그땐 각질의 왕, 뿔을 출전시키는 거야. 우리 모두가 들소처럼 이마에 뿔을 다는 거야. 들이받는 거야. 저들이 뿔톱깎이를 발명하기 전에.

피읖으로 시작하는 평등과 평화는 그냥 주어지지 않는다는 사실.
피읖으로 시작하는 피를 먹고 자란다는 사실.

2. 간질

몸이 옹송그려지게 자리자리한 느낌. 그 느낌 알지? 갑질을 상대하는 또 하나의 무기는 간질이야. 갑을 간질이는 거지. 말로 간질이는 거지. **을을 대하는 당신의 태도를 존경합니다,** 이렇게 말하는 거야. 그러면 갑은 이게 진짜 존경인지 엿 먹이는 건지 헷갈리겠지. 표정을 어떻게 지을지 몰라 얼굴이 간질간질하겠지. 간지러울 땐 긁지 않고는 못 배기지. 손톱을 세워 자신의 얼굴을 할퀴겠지. 피가 나겠지. 손톱에게 화가 나겠지. 강철로 만든 손톱깎이를 들이대겠지. 스스로 분열하며 무너지겠지.

치읓으로 시작하는 칭찬은 고래도 가렵게 만든다는 얘기.
치읓으로 시작하는 친절도 무기가 된다는 얘기.

3. 껍질

사물의 거죽을 이루는 껍질. 흔히 껍질과 속살은 다르다고 하지. 그래서 눈에 보이는 것만 보지 말라고 하지. 그런데 꼭 그렇지는 않아. 껍질과 속살이 완전히 다를 수는 없어. 바나나 껍질은 바나나 속살처럼 부드럽지. 사과 껍질은 사과 속살처럼 딱딱하지. 그러니까 껍질을 만져 보면 속살을 대충은 알 수 있는 거야. 갑이 을의 손에 쥐어 주는 월급봉투. 이게 눈에 보이는 껍질이지. 그 봉투의 두께가 갑의 솔직한 마음이라는 얘기지. 봉투는 얇지만 마음은 그렇지 않다는 말 믿지 말라는 거지.

비읍으로 시작하는 보람에 노동을 팔지 말라는 뜻.
비읍으로 시작하는 봉투만이 노동의 유일한 대가라는 뜻.

관련 노래

〈갑돌이와 갑순이〉

갑돌이와 갑순이는 한마을에 살았더래요. 둘이는 서로서로 사랑을 했더래요. 그러나 둘이는 마음뿐이래요. 겉으로는 모르는 척했더래요. 그러다가 갑순이는 시집을 갔더래요. 시집간 날 첫날 밤에 한없이 울었더래요. 갑순이 마음은 갑돌이뿐이래요. 겉으로는 안 그런 척했더래요. 갑돌이도 화가 나서 장가를 갔더래요. 장가간 날 첫날 밤에 달 보고 울었더래요. 갑돌이 마음도 갑순이뿐이래요. 겉으로는 고까짓 것 했더래요.

〈갑돌이와 갑순이〉라는 옛 노래는 두 사람 사랑이 어긋난 이유를 자존심 때문이라고 밝힌다. 틀린 얘기는 아니다. 내가 더 사랑한다고 하면 괜히 손해 보는 것 같은 느낌. 자존심일 수 있다. 하지만 더 정확히 말하면 이기심이다. 감정 한 톨도 손해 보려 하지 않는 이기심.

그렇다면 갑순이는 누구에게 시집갔을까? 을돌이에게 갔겠지. 갑돌이는 을순이에게 갔겠지. 그래, 평생 갑으로 산 그들은 남은 평생도 자신에게 고분고분할 을이 편했을 것이다. 그래서 사랑하지 않았지만 눈 딱 감고 시집가고 장가갔을 것이다. 첫날 밤엔 울었지만 다음 날 아침부터는 웃었을 것이다. 사랑으로 사는 것보다 갑으로 사는 게 더 좋았으니까. 그래서 행복했을까? 물론 행복했을 것이다. 한번 갑질에 중독되면, 한번 이기심의 포로가 되면 평생 그것이 행복이라 믿고 사니까.

[돈] 🔊

다 헤아릴 수 없을 만큼 동의어가 많은 단어. 힘, 무죄, 수단, 방법, 요령, 목숨, 복종, 절대, 무적, 지위, 권력, 권위, 황제, 특별 같은 단어가 모두 돈의 동의어다. 반대말은 딱 하나. 사람.

관련 표현

몇 평에 사니?

다른 어떤 것도 궁금하지 않다. 그가 어떤 음악을 좋아하는지, 다룰 줄 아는 악기는 있는지, 요즘 어떤 책을 읽는지, 어떤 화분을 키우는지, 어떤 모임에 자주 나가는지, 지난 선거 때 누구를 찍었는지, 하루에 커피 몇 잔 마시는지, 아이와 꿈에 대해 얼마나 자주 이야기하는지 하나도 궁금하지 않다.

집 크기 하나로 그 사람을 다 알 수 있다고 믿는다. 술자리에서 이 질문 하나로 서너 시간 너끈히 이야기할 수 있음을 자랑스럽게 여긴다. 하지만 이 말은 우리가 다섯 글자로 할 수 있는 가장 초라한 질문이다. 이 질문과 뜻을 같이 하는 동지로는, **어느 아파트 사니? 차는 뭐 타니? 골프채 뭐 쓰니? 아이 어느 대학 갔니?** 같은 것들이 있다.

관련 인물

돈키호테와 포세이돈

돈이 보이는 일이면 이것저것 재지 않고 저돌적으로 달려들었다는 돈키호테. 그의 이름엔 돈이 붙어 있다. 이름 맨 앞에 붙어 있다. 내 이름을 봐. 나는 돈을 좋아해. 솔직히 밝혔다. 그리고 남보다 더 치열하

227

게 몸을 움직여 돈을 벌었다. 떳떳한 돈이다. 비난할 수 없는 돈이다.

바다를 가득 채울 만큼의 돈을 욕심냈다는 포세이돈. 그의 이름에도 돈이 있다. 그는 돈을 이름 맨 뒤에 슬며시 붙였다. 돈을 버는 방법도 돈키호테와 달랐다. 앞으로는 안 그런 척하면서 뒤로 돈을 긁어모았다. 이 일에 바다의 신이라는 높은 지위를 이용했다. 이른바 뒷돈이다.

돈이 다 나쁜 것은 아니다. 뒷돈, 검은 돈, 열심히 일해 돈 버는 사람들을 허탈하게 만드는 돈이 나쁜 돈이다. 그런데 우리는 늘 두 가지 우를 범한다. 하나는 포세이돈의 힘이 두려워 그를 응징하지 않는 우. 또 하나는 돈키호테까지 싸잡아 비난하는 우.

관련 질문

1. 돈에는 왜 표정 근엄한 위인만 들어앉아 있을까?

위인의 가치를 계량할 수 있을까. 사임당의 가치가 세종의 다섯 배일까. 율곡의 가치는 퇴계의 다섯 배일까. 또 왜 이들은 하나같이 근엄한 표정을 짓고 있을까. 활짝 웃는 사임당은 왜 안 될까. 춤추는 세종은 왜 안 될까. 아니, 아예 모델을 확 바꾸면 안 될까. 돈 때문에 늘 한숨짓는 흔하디흔한 우리 어머니 얼굴이 그곳에 들어가면 안 될까. 돈보다 훨씬 소중한 갓난아이 맑은 웃음이 들어앉으면 안 될까.

2. 돈이 많으면 좋은 점은 무엇일까?

돈이 많다. 끝.

참고 인물

정철

자신을, 절반은 카피라이터 절반은 작가로 소개하는 사람이다. 오로지 글을 써서 돈을 벌고 그 돈으로 쌀도 사고 양말도 사고 간장게장도 사

먹는 사람이다. 그와 나눈 한두 마디 대화를 통해 그가 생각하는 돈은 어떤 것인지, 돈을 벌어야 하는 이유는 무엇인지, 또 과연 얼마나 벌어야 충분히 버는 것인지 알아본다.

너는 왜 글을 쓰니?
돈 벌려고.

돈 벌어서 뭐 하게?
돈 벌지 않아도 되는 글 쓰려고.

[불안]◀))

〈꼰대어 사전〉 마지막을 장식하는 단어. 국어사전엔 '걱정되어 마음이 편하지 아니함'이라고 뜻풀이가 되어 있는데 지금 내 마음이 딱 그러함. 꼰대들 너무 몰아붙인 것 같아 마음이 편하지 아니함. 그래서 그들을 이해하려는 노력 조금이라도 해 보려고 데려온 단어.

관련 표현

불안해서 그랬어

왕년의 나를 자꾸 보여 주려 해서 미안해.
지금의 내가 불안해서 그랬어.

남의 인생사 지나치게 간섭해서 미안해.
무심하다는 얘기, 차갑다는 얘기 들을까 불안해서 그랬어.

버르장머리 없다고 트집 잡아서 미안해.
어른 대접 제대로 못 받는 내가 불안해서 그랬어.

같은 모습 강요해서 미안해.
개성이라곤 찾을 수 없는 내 모습이 불안해서 그랬어.

너 몇 살이냐 물어서 미안해.
내가 몇 살인지 생각할수록 불안해서 그랬어.

과장하려 해서 과시하려 해서 미안해.
하루하루 작아지고 초라해지는 내가 불안해서 그랬어.

반말 지껄여서 미안해.
다들 나를 무시하는 건 아닌지 불안해서 그랬어.

함부로 단정해서 미안해.
아는 게 하나도 없다는 걸 들킬까 불안해서 그랬어.

늘 권위적인 태도 미안해.
행여 가볍게 보이지 않을까 불안해서 그랬어.

편 가르기 해서 미안해.
이제 곧 나 혼자 남는 건 아닌지 불안해서 그랬어.

성공에 집착해서 미안해.
자식들에게 실패한 인생으로 기억될까 불안해서 그랬어.

돈만 보고 달려서 미안해.
여태 내 이름으로 된 집 한 칸 없는 게 불안해서 그랬어.

마지막으로 하나 더 미안해.
이렇게 구차한 변명 길게 늘어놓아서 정말 미안해.

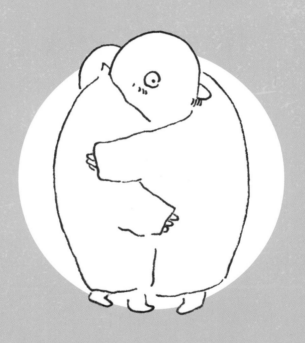

5부

마음이 따뜻한
꼰대라면
그래도 괜찮지 않을까요

결국은 사람입니다. 꼰대도 사람이고
꼰대에게 꼰대라 지적하는 사람도 사람입니다.
그가 누구든 사람에 대한 사랑과 희망을
완전히 놓지 않았다면
그것으로 괜찮지 않을까요.
사람을 놓아 버리는 바로 그 순간이
꼰대 아닐까요.

아빠라는
말의 유래

아이 눈에 아빠는 어떤 사람일까. 늘 손님처럼 잠깐씩 집에 들르는 사람이다. 세상에서 가장 바쁜 사람이다. 그래서 아이는 '아빠'라는 말이 '바빠'에서 유래되었을 거라고 짐작한다.

하지만 아이는 자라면서 알게 된다. 아주 조금씩 알게 된다. 그 손님이 젖은 길, 거친 길, 막힌 길 마다하지 않고 하루 종일 먼 길을 걸어 집에 들른다는 사실을. 그의 발바닥은 쩍쩍 갈라져 있고 군데군데 피멍이 맺혀 있다는 사실을. '아빠'라는 말은 '바빠'가 아니라 '아파'에서 유래되었다는 사실을.

커피의
성분

대화.

추억.

여유.

응시.

거울.

설렘.

자극.

용서.

응원.

고요.

안정.

커피는 언제든 손 뻗으면 닿을 거리에 있는 따뜻한 외로움 치료제다. 그래서 외로움과 싸워 늘 나자빠지는 우리는 밤낮으로 커피를 찾는다. 아플 때도 슬플 때도 힘들 때도 커피와 마주 앉는다. 커피는 바쁘다는 말을 하지 않는다. 고맙다. 커피.

이 글을 처음부터 다시 읽어 보세요.
커피를 친구로 바꿔서.

아주 쉬운
국어 문제

이런 뜻을 지닌 네 글자 형용사는 무엇일까?

나이 먹는다고 지혜로워지는 게
아니라는 것을 아는 것.

지혜롭다.

아빠의
욕심

아빠는 준비하고 있었다. 오래전부터 딸과의 이별을 준비하고 있었다. 그것은 딸에게 혼수를 듬뿍 안기는 일도 아니었고 눈물을 견디는 연습도 아니었다. 아빠는 딸에게 아빠를 선물하고 싶었다. 창고로 갔다. 창고엔 나무, 대패, 톱 같은 목수에게나 소용되는 물건들이 널려 있었다.

아빠는 욕심을 부렸다. 시집가는 딸에게 아빠 손으로 만든 가구를 쥐여 주고 싶은 욕심. 하지만 그는 평생 나무와 친할 기회가 없었다. 그 손으로 가구를 만드는 일은 무리였다. 그러나 그는 그 무리를 했다.

일 잘한다는 목수를 창고로 불렀다. 시도 때도 없이 불러 못살 게 굴었다. 목수의 솜씨를 죄다 훔쳤다. 좋은 나무를 찾아 돌아 다녔다. 창고에 나무가 쌓였다. 하나하나 칠을 했고 마르기를 기다렸고 다시 칠을 했다. 마침내 못 하나 박지 않은 아빠라는 이름의 가구들을 만들어 냈다. 기적일까. 아니다. 사랑이다. 그 래, 아빠의 무리는 처음부터 무리가 아니었는지도 모른다.

이제 딸은 아빠의 마음 위에서 잠을 자고, 아빠의 흔적에 앉아 밥을 먹고, 아빠의 땀 위에 놓인 텔레비전을 보고, 아빠와 마주 보며 화장을 할 것이다.

아빠, 고맙습니다.

처음엔 이 한마디로 충분하겠지. 신혼은 달콤할 테니까. 하지 만 결혼이 늘 신혼일 수는 없는 일. 아내라는 외로움이, 엄마라 는 무거움이 힘에 부칠 때가 온다. 그때 딸은 곁에 아빠가 있다 는 것을 발견할 것이다. 아빠가 손에 쥐여 준 아빠 마음을 만지 며 자신이 얼마나 소중한 딸인지 새삼 느낄 것이다. 힘이 날 것 이다. 외로움도 무거움도 이겨 낼 것이다.

아빠가 딸 품에 안긴 건 가구가 아니라 아빠였다.
영원히 너랑 이별할 수 없다는 고백이었다.

엄마의
극성

추석이었다. 서울 사는 아들은 고향에 내려갔다. 정말 오랜만
에 엄마 방에서 엄마랑 함께 잤다. 벌써 여든셋 엄마. 오십 넘
은 아들도 그녀 눈엔 여전히 아기인 엄마.

아들은 자다가 무심코 기침 몇 번 했다. 평소엔 그런 일이 없었
는데 그날 밤엔 그랬다. 엄마의 극성이 시작되었다. 아들은 자

다 일어나 엄마 손바닥 위에 놓인 기침약을 강제로 먹어야 했고 물을 거푸 몇 잔 마셔야 했고 밤새 엄마의 한숨 소리를 들어야 했다. 아침 내내 뒤꽁무니를 따라다니는 담배 끊어야 한다는 주문을 들어야 했다.

불효였다. 걱정하기 위해 태어난 엄마에게 걱정거리를 만들어 바친 불효였다. 극성떨기 위해 사는 엄마에게 이래도 가만히 있을 거냐고 묻는 불효였다. 아들은 안다. 엄마의 극성이 하루로 끝나지 않을 거라는 것을. 이제 어디서 기침 소리만 들려도 엄마 눈엔 아들이 보일 것이다. 한숨이 깊어질 것이다. 서울 올라간 아들 담배 끊었다는 얘기가 들리지 않아 멀리서 속상해할 것이다. 날마다 속상해할 것이다.

고향에 내려가지 않았어야 했다.
엄마 방에서 함께 잠을 자지 않았어야 했다.

입술 꾹 깨물고 기침을 참았어야 했다.

다음 날 아들은 엄마를 벗어나 서울로 달렸다. 탈출이었다. 이제 아들은 엄마를 잊을 것이다. 까맣게 잊을 것이다. 누구 간섭도 받지 않고 담배를 피울 것이고 누구 허락도 받지 않고 마음껏 기침할 것이다. 그렇게 다시 아들 아닌 오십 넘은 남자로 살 것이다. 아들이란 그런 동물이다. 아니, 자식이란 그런 동물이다.

그렇다면 다음 추석은 어떨까. 더는 후회할 일 만들지 않으려고 고향을 찾지 않을까. 아니다. 아들은 또 고향을 찾을 것이다. 새로운 불효를 하러 내려갈 것이다. 새로운 걱정거리 만들어 들고 갈 것이다. 어쩌면 그것이 아들이 할 수 있는 유일한 효도인지 모른다. 아무것도 안 하는 것보다 불효라도 하는 게 효도인지 모른다. 여든셋 엄마에겐 불효할 시간도 그리 넉넉하지 않다.

사랑하기
좋은 날

사랑하기 좋은 날은 어떤 날일까?

비가 오거나
해가 뜨거나
구름 끼거나
바람 불거나
눈 내리는 날이 사랑하기 좋은 날이다.

이런 날은 1년에 365일 있다.
오늘도 그런 날이다.

탁구공
만들기

당신 인생에 출연한 등장인물 중 가장 괘씸한 꼰대 한 사람을 떠올리세요. 당신에게 끝도 없이 스트레스를 준 그 사람. 떠올리셨나요? 역시 김철수였군요. 자, 지금부터 그에게 복수를 하는 겁니다. 연필 들고 종이 위에 그 이름을 쓰세요. 다 쓰셨다면 종이를 구기세요. 종이가 동그란 탁구공이 될 때까지 힘주어 마구 구기세요.

탁구공 안에는 김철수가 불편한 자세로 웅크리고 있겠지요. 태아처럼 웅크린 그의 모습을, 일그러질 대로 일그러진 그의 표정을 머리에 그려 보세요. 쌤통이지요. 그 사람은 이보다 더 심하게 당해도 싸지요. 이제 구긴 종이를 펴세요. 종이를 펴 당신이 쓴 이름을 다시 보세요. 이름도 종이처럼 마구 구겨져 있겠지요. 김철수가 김천수로 보이기도 하겠지요. 어떠세요? 분이 조금 풀리셨나요? 이제 그가 살짝 안쓰럽다는 마음이 드시나요? 당신이 당한 것에 비하면 이 정도는 아무것도 아니라고요? 그래요. 그렇겠지요.

그렇다면 이런 상상을 해 보세요. 지구 위 모든 사람이 지금 당신이 한 행동과 똑같은 행동을 한다면, 종이 위에 자신만의 꼰대 이름을 쓰고 종이를 탁구공만 하게 구긴다면, 그래서 탁구공 70억 개가 만들어진다면, 당신이 그 속에 웅크리고 있을 탁구공은 몇 개나 될까요? 없을 거라고요? 단 한 개도 없을 거라고요? 축하합니다. 정말 그렇다면. 진짜 그렇다면.

모순

1. 오른손이 하는 일을 왼손이 모르게 하라.
2. 기도하라.

크리스마스에 태어나신 그분도 이런 모순된 말씀을 하셨음. 기도는 오른손과 왼손이 만나는 일이라는 사실을 깜빡한 것임. 그분도 이럴진대 하물며 보통 꼰대 입에서 나오는 말이 빈틈없기를 기대하는 것은 무리임. 한두 번은 눈감아 줘도 됨.

앞에선 꼰대를 그렇게 야단치고 이제 와서 눈감아 주라는 건 모순이 아님? 모순 아님. 앞서 야단친 건 꼰대에게 하는 말이었고, 지금 눈감아 주라는 건 꼰대를 상대하는 사람에게 하는 말임.

진짜
친구

너는 진짜 친구 있니?

있어. 딱 하나 있어. 그런데 요즘은 '있어'라는 대답이 자꾸만 '있었어'로 바뀌려 해. 자주 만나지 못하니까. 지난 1년 얼굴 한 번 보지 못했으니까. 만나지 않는 친구가 어떻게 진짜 친구일 수 있겠어. 그래서 갈수록 자신이 없어.

축하해.

진짜 친구 있니?라고 물었을 때 **있어**라고 대답하는 건 쉽지 않아. 그런데 너는 서슴없이 그 대답을 했어. 그것만으로도 너는 충분히 멋진 삶을 살고 있는 거야. 멋진 친구를 갖고 있는 거야. 자신 없어 하지 마. 의심하지도 마. 가장 먼저 떠올린 그 친구가 진짜 친구 맞아. 만남의 횟수가 우정의 깊이는 아니잖아. 자주 만나지 않는다는 이유로 멀어진다면 그는 친구가 아니라 구멍가게 단골손님이겠지.

부럽다.

오늘 하루
감사할 일 하나 없었던
당신에게

먼저 당신 생각이 틀렸음을 지적한다.
오늘도 당신은 감사할 것투성이인 하루를 보냈다.

부탁한 시각에 당신을 흔들어 깨워 귀한 하루를 선물해 준 알람에게도 감사. 엘리베이터 문이 닫히는 순간 열림 버튼을 눌러 동승을 허락해 준 누군가의 마음에게도 감사. **잘 지내지?**라고 물었지만, **잘 지냈으면 좋겠어!**라고 읽히는 친구의 짧은 문자에도 감사. 당신이 문자 확인할 틈도 없이 바쁠 거라 생각해 문자 한 줄 보내지 않는 엄마의 지나친 배려에도 감사. 아메리카노 한 잔 내밀며 꽃 같은 미소를 덤으로 건네준 별다방 아르바이트 학생에게도 감사. 내릴 곳에 내렸겠지만 당신에겐 자리 양보나 다름없는 행동을 해 준 퇴근길 지하철 그 무뚝뚝한 샐러리맨에게도 감사. **오늘 하루도 고생 많았지?** 물으며 깊은 잠을 허락해 주는 이불에게도 감사. 이불과 함께 당신의 지친 머리를 보듬어 주는 베개에게도 감사.

욕심을 낸다면 이렇게 감사할 일을 잔뜩 찾아 준 이 글에게도 감사.
꼰대들은 하나같이 목이 뻣뻣하다는 비밀을 알려 준 이 글에게 거듭 감사.

나이가
들수록

나이가 들수록 잃어 가는 것은
자신감과 책임감과 아름다움이다.

오자(誤字) 수정.

잃을 **익**으로.

김철수의
변명

억울합니다.

꼰대가 되고 싶어 꼰대가 되는 사람은 없습니다. 꼰대는 개인 의지가 아닙니다. 내 몸에 흐르는 꼰대 DNA도 이 사회가 내 사지를 붙잡고 내 몸에 주사한 것입니다. 내 스스로 복용한 DNA가 아니라는 말입니다. 내가 어설픈 꼰대 짓을 하는 이유도 남을 괴롭히기 위함이 아닙니다. 나를 과시하기 위함도 아닙니다. 내 꼰대 짓은 좁아져만 가는 내 입지를 지키려는 간절한 몸짓입니다. 이 거친 세상에서 밀려나지 않으려는 눈물겨운 몸부림입니다.

미안합니다.

나도 압니다. 나도 내가 싫습니다. 하지만 솔직히 말씀드리면 나도 내 안에 살고 있는 꼰대를 어쩌지 못합니다. 아니 지금 꼰대를 몸 밖으로 내쫓는다면 그 순간 나는 풀썩 주저앉았을지도 모릅니다. 이미 모든 자존심 다 뭉개진 나를 마지막 남은 꼰대 DNA가 붙잡아 주고 있는지도 모릅니다. 남은 인생 그나마 꼿꼿이 서서 살려면 어쩔 수 없이 꼰대에게 기대야 합니다.

부탁합니다.

손가락질만 하지 말고 꼰대 마음도 헤아려 주십시오. 변명도 들어 주십시오. 꼰대를 극복 대상이 아니라 위로 대상으로 살펴 주십시오. 꼰대도 당신만큼 외롭습니다. 어쩌면 당신보다 더.

257

검지 1cm
옆에

검지는 피곤해요. 지적질 할 때마다 하루 수십 번 꼿꼿하게 몸을 세워야 하니 무척 피곤해요. 이제 다른 손가락에게도 일을 나눠 주세요.

검지 1cm 옆에서 늘 빈둥빈둥 노는 엄지. 하는 일 없이 빈둥빈둥 노느라 뚱뚱해진 엄지. 이 친구에게도 일을 시키세요. 검지가 일어서려 할 때 눌러 주저앉히고 엄지를 추켜올리세요. 엄지를 추켜올릴 때,

잘했어!
좋았어!
최곤데!

이런 추임새도 넣어 주세요. 지적질보다 훨씬 효과가 크다는 칭찬질. 그것을 자주 해 주세요. 그래서 엄지도 검지처럼 날씬한 몸매를 갖게 해 주세요. 그렇게 하실 거죠? 그렇다면 지금은 새끼손가락과 엄지를 함께 펼 시간.

약속 꼭!
도장 꽉!

당신의
자리

사장.

전무.

상무.

국장.

부장.

차장.

과장.

대리.

사원.

인턴.

당신의 자리는 어디인가. 뭐 어디든 상관없다. 당신만 머리 위에 꼰대를 이고 사는 게 아니라는 것, 그것만 눈으로 확인했으면 됐다.

부장, 국장뿐 아니라 당신이 절대 꼰대라 부르는 전무도 사장이라는 꼰대를 이고 산다. 그러니까 빨리 진급해 꼰대의 압제에서 해방되겠다는 꿈은 처음부터 불가능한 꿈인 것이다. 지금이라도 버리는 게 좋다. 세상 모든 월급은 한 달 동안 이 악물고 꼰대를 견디라는 미션을 통과한 대가다.

어떻게든 사장 자리에 올라 보겠다고? 그래서 단 하루라도 꼰대 없는 세상을 살아 보고 싶다고? 과연 그럴까? 눈에 보이지는 않지만 사장도 책임감이라는 무시무시한 꼰대를 머리 위에 이고 산다. 하루에 한 줌씩 머리카락을 뜯어 먹는 무시무시한 꼰대를.

환영,
꼰대

김철수는 영화 한 편 보고 나오면 감독과 배우와 시나리오까지 한꺼번에 혼낸다. 책 한 권 읽으면 작가 문체가, 시선이, 색깔이, 인생이 마음에 들지 않는다고 여기저기 고발한다. 모처럼 마음에 드는 공연 다녀와서는 특별히 지적할 게 없어 죄 없는 조명이나 세트를 물고 늘어진다. 세상은 이렇게 지적질이 몸에 밴 그를 꼰대라 부른다. 하지만 나는 이런 꼰대는 환영한다. 응원한다.

진짜 꼰대는 영화관에는 없다. 서점에도 없고 공연장에도 없다. 영화와 책과 공연을 완전히 놓지 않았다면

당신, 아직 괜찮다.

노숙자의
이불

세상은 그를 길거리로 내몰고 신문 한 장으로 겨울을 나라고 한다. 그는 그것으로 상처투성이 몸을 가린다. 읽으라고 만든 신문을 읽지 않고 몸을 덮는 물건으로 사용한다. 신문 속 세상 이야기를 더는 듣지 않겠다는, 그런 이야기에 더는 시달리지 않겠다는 저항이다. 세상과 끝내 결별하겠다는 선언이다.

그를 버린 세상과 늘 한편인 신문. 읽어도 또 읽어도 거절이라는 대답만 보이는 신문. 넘겨도 또 넘겨도 희망이라는 단어, 기회라는 단어는 찾을 수 없는 차가운 신문. 그래, 온기 하나 없는 그런 물건이 이불일 수는 없다. 몸을 덮는다고, 추위를 가려준다고 다 이불은 아니다.

노숙자에게 신문은 이불이 아니라 복수다.

그를 버린 세상을

이제 그가 버리는 소심한 복수.

인생
1

태어났더니 부모님이 계셨다.
내 마음대로 할 수 있는 일은 없었다.

학교 갔더니 선생님이 계셨다.
내 마음대로 할 수 있는 일은 없었다.

군대 갔더니 병장님이 계셨다.
내 마음대로 할 수 있는 일은 없었다.

회사 갔더니 팀장님이 계셨다.
내 마음대로 할 수 있는 일은 없었다.

다 싫어 집에 들어앉았더니
그곳엔 마누라님이 계셨다.

인생
2

늦여름 저녁 홀로 벤치에 앉아

담배 한 대 물고 인생을 고민하는데

모기님이 내 인생에 잠시 앉았다 떠나며 답을 준다.

물고 물리는 게
인생이라고.

저녁
일곱 시

저녁 일곱 시 이후엔
밖에 나가지 말고 집에 처박혀 있어!

이런 명령이 떨어지면 너는 어떻게 하겠니? 견딜 수 없겠지.
가출이라도 하겠지. 그런 너를 누구도 비난하지 않을 거야. 그
건 감금이니까. 누구라도 그렇게 할 테니까.

자, 이제 아버지를 생각해.

올해 칠십인 아버지에게 아무것도 하지 말고 가만히 계시라고 하는 건 어떤 의미일까. 저녁 일곱 시부터 이불 펴고 누우라는 것과 같은 게 아닐까. 아버지 인생은 이제 막 저녁밥을 먹었는데. 밤 열두 시는 아직 먼데.

너무 먼데.

당선작
없음

세상 모든 꼰대를 대상으로 공모전을 열었다. 꼰대로 살아갈 수밖에 없는 이유를 한 줄 표어로 설득력 있게 표현해 달라고 했다. 꼰대들의 어쩔 수 없는 현실과 아픔을 우리 사회가 공유하고 이해하고 또 보듬어 주자는 뜻이었다. 수천 명이 응모했다.

하지만 결과는 **당선작 없음**.

어느 누구도 설득력 있는 이유를 대지 못했다. 꼰대로 살아갈 수밖에 없는 어쩔 수 없는 이유라는 것은 없었다. 다만 꼰대를 꼭 한 번 보듬어 주고 싶은 마음이 생기는 표어는 하나 있었다. 외로움을 주제로 쓴 이 표어가 장려상을 수상했다.

꼰대의 뒷모습을 보신 적 있으세요?

묘비명

서울 강남 80평 아파트에서 살았던 김철수
결국 여기 이 비좁은 공간에 잠들다.

이런 묘비명을 남기고 싶은가. 그게 아니라면 그깟 아파트 크기 늘리는 일에 인생을 소모할 이유가 있을까.

죽어 관 속에 홀로 누운 그대. 그곳에서 그대는 그대가 살던 그 넓은 아파트를 그리워할까, 그대가 만나고 헤어진 그 숱한 사람들을 그리워할까. 남은 인생, 더 그리워할 것에 다 쓰고 죽는 게 낫지 않을까. 수의엔 주머니도 없다는데.

우리를
슬프게
하는 것들

너무 빠른 실망.

너무 빠른 흥분.

너무 빠른 결론.

너무 빠른 체념.

너무 빠른 대안.

우리를 슬프게 하는 건 바로 이런 것들 아닐까? 쉽게 실망하고 쉽게 흥분하고 쉽게 돌아서서, **다른 사람 어디 없나?** 두리번거리는 우리. 하지만 이런 모습은 사랑이라는 것을 하겠다는 사람의 자세가 아니다. 사랑은 기다리겠다는 약속이다. 충분히, 아주 충분히 기다리겠다는 약속이다. 그 사람의 서툰 행동, 답답한 언어, 어이없는 실수, 멀미 날 것 같은 습관까지 모두 조용히 지켜보는 기다림.

그 사람이 바뀔 때를 기다리는 게 아니다. 내가 바뀔 때를 기다리는 것이다. 아쉽고 답답하고 불편한 그 사람의 모든 것이 바로 그 사람이라는 것을 내가 이해하고 받아들일 때를 기다리는 것이다.

처음부터 끝까지 씽씽 달리는 사랑은 없다. 실망과 흥분은 사랑을 시작할 때부터 예정된 일이 순서대로 일어나고 있는 것이다. 결론, 체념, 대안에 게을러야 한다. 결론, 체념, 대안에 게으를수록 사랑은 견고해진다. 우리를 슬프게 하는 것은 실망, 흥분, 결론, 체념, 대안이 아니라 '너무 빠른'이다.

처음과
다음

처음이 말했다.

나는 처음이라 서툴렀으니
다음 네가 제대로 해 줬으면 좋겠어.

다음이 말했다.

처음엔 겁 없이 달려들었는데
조금 알고 나니 더 어렵고 더 두려워.

믿음이 말했다.

중요한 건 처음도 다음도 아냐.
지금, 내가, 할 수 있다는
믿음이야.

내 꼰대
이야기

나는 아버지를 꼰대라 부른 적 없지만 지금 생각해 보면 내 아버지 역시 꼰대였다. 지극히 권위적인 남자의 표본이었다. 이 글은 내 아버지 이야기다. 내 꼰대 이야기다. 그리고 평생 꼰대를 상대해야 했던 내 어머니 이야기다.

내가 아주 어릴 적 큰 태풍이 있었고, 항구도시 여수엔 해일이 일어 온 동네가 다 떠내려가고 있었다. 깜깜한 새벽이었고 아버지는 아직 집에 돌아오지 않았다. 우리 가족은 큰길 건너 병원 옥상으로 간신히 대피해 베개, 돼지, 사과 상자가 물에 둥둥 떠내려가는 것을 흥미롭게 구경하고 있었다.

그때 한 남자가 벽을 붙잡고 물살을 거슬러 올라오는 것을 봤다. 아버지였다. 그 시간까지 술을 마시다 밖에 난리가 났다는 걸 알고 가족이 생각난 것이다. 그때도 지금도 꼰대에게 가족은 뒷전이다. 온몸으로 홍수에 저항하며 한 걸음 한 걸음 우리 곁으로 다가오던 그 새벽의 아버지. 나는 지금도 텔레비전에서 물이 도시를 덮치는 광경을 보면 그날 그 장면이 떠오른다.

아버지는 태풍 속에서도 밤을 새울 만큼 술을 좋아했다. 하지만 거센 물살 때문에 가족을 포기할 만큼 무책임하지는 않았다. 아니, 오히려 책임감이 너무 넓었다. 친척이든 친구 아들이든 갈 곳 없는 아이가 있으면 누구든 집에 데려와 식구를 만들었다. 꼰대의 권위였다. 누구도 저항할 수 없었다. 나는 형들이 많아 좋았지만 아버지의 술과 그 넓은 오지랖은 어머니를 끝도 없이 힘들게 했다.

어머니를 힘들게 했던 건 그뿐이 아니었다. **아직 이르다, 아직은 때가 아니다** 하는 사업에 아버지는 거침없이 손을 댔다. 주식이 뭔지도 모르던 시절에 그 작은 도시에 증권회사 문을 열었고, 환경은 나 몰라라 하던 시절에 서울로 올라와 친환경 세제를 만들었다. 어머니가 할 수 있는 일은 여기저기 빚 얻으러 다니는 일과 회사 문 닫는 것을 **어쩌끄나, 어쩌끄나** 하면서 지켜보는 일뿐이었다. 아버지가 시내버스 사업을 할 땐 어머니가 기사 아저씨와 차장 누나 모두에게 밥을 해 먹이는 식모가 되어야 했다.

모두의 예상대로 아버지의 사업은 성공보다 실패를 더 많이 했다. 그때마다 어머니의 한숨은 늘었다. 하지만 그 숱한 실패 속에서도 아버지는 우리 사 남매를 꽤 반듯하게 키워 냈다. 재산한 푼 남기지 않아 아들딸이 다툴 일 없게 해 주었고 지금도 우애 두터운 형제자매로 살게 해 주었다. 그래서 우리 자식들은그 권위적이었던 꼰대를 사랑한다.

아버지는 어머니를 끝도 없이 힘들게 하는 인생을 타고났고 어머니는 아버지의 모든 것을 받아들이는 인생을 타고났을 것이다. 태어나기 전부터 두 사람은 그렇게 살게 되어 있었을 것이다.

다음 생은 어떻게 될까.

다음 생에서도 인연은 이어지겠지. 살아서 그랬듯 죽어서도 다시 만나고 다시 속 썩이고 다시 서로 등을 토닥이겠지. 대신 이번 생에서 했던 그대로라면 두 사람 모두 지루할 테니 역할은바뀌겠지. 어머니가 아버지 속을 썩이는 역할로. 어머니가 꼰대 역할로.

아버지는 지금 공원묘지 부부 방에 홀로 앉아 있다. 영화표 두장 들고 여자를 기다리는 남자처럼 어머니 자리를 잡아 놓고있다. 여전히 당신 옆자리다. 살아생전엔 아버지가 어머니를 애타게 했으니 이번엔 어머니가 아버지를 애타게 했으면 좋겠다. 건강하게 오래오래 살아 아버지를 기다리다 지치게 했으면 좋겠다. 정말 그랬으면 좋겠다.

돌잡이

김철수 아이가 돌잡이를 한다.

돈도
실도
떡도
활도
붓도
쌀도
칼도

마이크도 마다하고
아이는 아빠를 꽉 붙잡는다.

사람들은 깔깔 웃었고

김철수는

뻘뻘 식은땀을 흘렸다.

그래, 인생 목표가 지구 수호나 우주 정복처럼 거창하고 화려하지 않아도 된다. 내 아이가 닮고 싶어 하는 사람. 이보다 멋진 인생 목표는 없겠지. 하루 세 번, 내 아이가 보고 있다, 내 아이가 보고 있다, 내 아이가 보고 있다, 주문을 외워야겠다.

자화상

파이프 물고 귀에 붕대 두른 고흐의 자화상은 그의 얼굴을 그린 것일까. 그의 상처를 그린 게 아닐까. 치유를 포기한 아픔을 그린 게 아닐까. 지중해의 일렁임이 그에게 어떤 의미였는지를 그린 게 아닐까.

자화상을 그린 적 있는가. 그리고 싶은가. 거울 하나로 내 자화상을 그릴 수 있다고 믿는가. 눈 코 입 잘 묘사하면 그것이 나라고 생각하는가. 그렇다면 사진이 낫겠지. 붓이 따를 수 없는 치밀한 묘사. 그래, 셀카가 낫겠지.

나는 내가 서 있는 풍경이다.

내 얼굴이 내가 아니라 내가 서 있는 풍경이 나다. 내가 물을 준 나무가 나다. 내가 앉았다 일어난 의자가 나다. 내 발자국이 찍힌 어지러운 길들이 나다. 내가 손을 잡은 사람, 손을 놓은 사람이 나다. 나는 한평생 나를 사는 게 아니라 내가 서 있는 풍경을 산다. 내가 사라진 후에도 풍경은 남는다. 사람들은 나를 내가 서 있는 풍경으로 기억한다.

자화상은 풍경화다.

여기와
거기

나는 여기.

너는 거기.

외로움을 치료하는 약은,

내가 거기로.
네가 여기로.

아니다,
아니다,

내가 거기로.

아름다운
동작

목은 두 가지 동작을 할 수 있게 설계되어 있다.

가로젓는 동작.
끄덕이는 동작.

두 가지 동작 중, 하늘을 달리는 아기 구름도 구경하고 땅 위에
핀 맨드라미도 구경할 수 있는 동작은 무엇일까?

함박눈의 출발과 도착을 다 볼 수 있는 동작은 무엇일까?
별똥별의 탄생과 소멸을 다 볼 수 있는 동작은 무엇일까?

아름다운 것을 볼 수 있는 동작이 아름다운 동작 아닐까?

당신의
지갑 속에

지갑을 열어 보세요.
뭐가 들어 있나요?

신분증
명함
지폐 몇 장
신용카드
그리고 아이 사진.

아, 됐습니다.
아이 사진이 있으면 됐습니다.

설렘 하나 없는 지갑은 너무 무겁잖아요.

설렘 넣는 곳

설렘이

김철수

12월
31일

눈이 내린다. 한 것도 없이 1년이 다 갔다는 상실감이 머리 위에 내린다. 새해 다짐 하나도 지키지 못했다는 아쉬움이 어깨 위에 내린다. 이제 나이 한 살 더 먹어야 한다는 무거움이 발등 위에 내린다.

그래서 끝일까? 아니다. 내린 눈은 세상을 하얗게 덮어 준다. 지난 1년 아팠던, 슬펐던, 힘들었던 기억 모두 덮어 준다. 그리고 이렇게 말한다. 다시 시작하라고. 새하얀 도화지를 새로 깔아 줄 테니 처음부터 다시 칠해 보라고.

어느새 꼰대라는 말을 듣게 된 당신 김철수에게도 새하얀 도화지는 똑같이 공급된다. 새 도화지 위에 미련이나 한숨만 그린다면 당신이 꼰대라는 말에 동의하고 사인하는 게 아닐까.

당신,
아직
젊다.

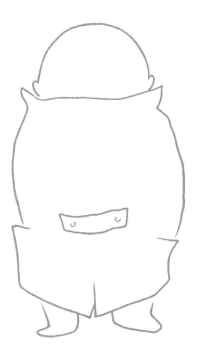